O ANÃO E A NINFETA

Obras do autor

234
33 contos escolhidos
Abismo de rosas
Ah, é?
Arara bêbada
Capitu sou eu
Cemitério de elefantes
Chorinho brejeiro
Contos eróticos
Crimes de paixão
Desastres de amor
Desgracida
Dinorá
Em busca de Curitiba perdida
Essas malditas mulheres
A faca no coração
Guerra conjugal
Lincha tarado
Macho não ganha flor
O maníaco do olho verde
Meu querido assassino
Mistérios de Curitiba
Morte na praça
Novelas nada exemplares
Pão e sangue
O pássaro de cinco asas
Pico na veia
A polaquinha
O rei da terra
Rita Ritinha Ritona
A trombeta do anjo vingador
O vampiro de Curitiba
Violetas e pavões
Virgem louca, loucos beijos

Dalton Trevisan

O ANÃO E A NINFETA

EDITORA RECORD
RIO DE JANEIRO • SÃO PAULO
2011

CIP-BRASIL. CATALOGAÇÃO-NA-FONTE
SINDICATO NACIONAL DOS EDITORES DE LIVROS, RJ

T739a
Trevisan, Dalton
O anão e a ninfeta / Dalton Trevisan. – Rio de Janeiro: Record, 2011.

ISBN 978-85-01-09479-7

1. Conto brasileiro. I. Título.

11-4278
CDD: 869.93
CDU: 821.134.3(81)-3

Copyright © 2011 by Dalton Trevisan

Capa: Fabiana sobre desenho de Poty.

Texto revisado segundo o novo Acordo Ortográfico da Língua Portuguesa

Direitos exclusivos desta edição reservados pela
EDITORA RECORD LTDA.
Rua Argentina 171 – 20921-380 – Rio de Janeiro, RJ – Tel.: 2585-2000

Impresso no Brasil

ISBN 978-85-01-09479-7

Seja um leitor preferencial Record.
Cadastre-se e receba informações sobre nossos
lançamentos e nossas promoções.

EDITORA AFILIADA

Atendimento e venda direta ao leitor:
mdireto@record.com.br ou (21) 2585-2002.

Sumário

O Anão e a Ninfeta   7

O Sonho   17

Programa   19

Maria Bueno   21

O Terceiro Ovo   27

Sou Tua!   29

O Colecionador   31

Um Ladrão   37

Soninha   39

O Velho Poeta   41

O Hóspede   49

O Nariz   51

Corações Floridos   53

Naná   57

A Viagem   59

A Caixeira   61

Três Gotas de Sangue   67

Um de Nós   69

Anjo Bastardo   71

Marcado   77

Caquis   79

A Ninfeta e a Matrona   81

Uma Rosa para João   85

O Mesmo   89

Rute, Meu Bem   91

O Reencarnado   97

Broinhas   99

O Coração   101

Bipolar   105

Retalhada   107

Eu Também   109

O Caniço Barbudo   111

O Distinto   127

De Mal   129

O Caracol   131

No Café   135

Avozinha   137

O Rosto Perdido   139

O Escritor   145

O Jogo Sujo do Amor   147

O Anão e a Ninfeta

Ele de pé, eu sentado, os dois do mesmo tamanho. Fala comigo, mas não me vê. Só tem olhos (uai! chispas furtivas de volúpia) para as lindas mocinhas da loja. Essas pérfidas que guardam distância prudente da sua mãozinha pequena, mas boba.

Garboso no *jeans* e tênis incrementado. Seriam da loja de criança? Vigia a passagem da gerente e dela esconde o copinho de café — toma três a quatro, com bastante açúcar.

Um forte, desafia de peito aberto a legião dos bárbaros de Golias. Sacola branca no ombro, correndinho no passo miúdo e rebolante, empinando a nalguinha e — macho não sente frio — sempre de manga curta.

Se esgueira pela cidade, cuidoso de não ser atropelado, pisoteado, esmagado por uma pata de gigante caolho solto nas ruas. Ninguém nunca o desvia — suma vocezinho da frente, e já!

Eu te saúdo, valentão do mundo.

Ó maldito mundo, onde todos — exceto o nosso herói! — têm três metros de altura. Ai, o eterno torcicolo de olhar sempre para o alto. Nas ruas à mercê desses brutamontes que, entretidos com celulares e fones de ouvido, podem já espezinhá-lo — uma folha seca chutada pelo vento.

Ó grandes barões de negócios! Ó míseros caçadores míopes de moscas!

Primo Santuro se chama. Não admite apelido, exige por inteiro o nome. Embora mal chegue à altura da mesa, faz todo o serviço externo da loja, paga as contas no banco, despacha carta e impresso, reconhece firma.

Aprendeu a aceitar o nanismo, sem protesto. Um capricho da natureza? Pois sim. Uma falseta de Deus? Que seja. Arrostaria os rinocerontes das ruas e os mastodontes da vida com as suas diminutas forças e armas — ainda fossem de mentirinha.

Verdade que baixinha a mãe, mas não o pai, alto e bonitão. Por ele desdenhado, que o enjeita e não lhe reconhece a bravura.

— Você é que devia ter morrido. Não o teu irmão Paulo!

Bravura e grandeza. Na sua batalha obscura, não menos épica, um guerreiro impávido colosso, ombro direito curvado ao peso da sacola. O ladrão, ao arrebatá-la, arrasta-o com ela?

Descuidoso, leva o seu dinheiro no bolso traseiro da calça. Se alguém o adverte do risco, já se encrespa:

— Pilantra comigo nenhum se arrisca!

De repente um alvoroço — gritinhos e risos nervosos — na roda de ninfetas, o que foi? não foi? foi o nosso herói que passou.

Tremei, pais de família — Don Juanito sai à caça!

O maior assanhado por moça. E, bobo não é, prefere as bonitas. Com elas gasta o salário, assume dívida, paga juro abusivo. Ai, os banquetes da vida — os mais suculentos! — fora de alcance. Elas, as suas deusas, se recusam a enxergá-lo, essa mínima formiguinha no ínfimo chão.

Não basta se fazer mais pequenino para espertar o instinto materno das divas. Anjinho implume, sim. Mas perverso. Deve aliciá-las com lanche e presente, relógio de pulso para uma, pacote de bombom para outra.

Insiste em beijinho na face das bancárias, que se curvam, divertidas e meio assustadas. Pergunta uma delas:

— Mais alguma coisa?

E o nosso herói:

— Só me falta você!

Lá se vai rindo gostoso e sacudindo a bundinha alegre.

Única feita visitou o 4 Bicos, famoso palácio do prazer. Com o taxista esperando no pátio, esbanjava numa tarde o salário do mês. Forte vocação, já se vê, de formiga pródiga.

Ao ecoar no relógio da Catedral a sexta pancada do crepúsculo, se retira o funcionário exemplar e no fundo do beco aponta o nosso herói nanico.

Ao sol prefere a luz negra dos inferninhos.

Lá é amigo do rei do pedaço. Bem aceito na barra pesada, um tipo de mascote safado. Toma todas: cerveja, rum, conhaque, vinho, uísque — o que vier. Sempre alguma proeza a contar.

Olhinho aceso pelas garçonetes e putinhas do Hula-Hula. Acertado o preço, vai com a peça ao hotelzinho suspeito da São Francisco. Priápico, vangloria-se do bom desempenho, a fama indiscutida dos anões. Ainda bem que, deitadas, todas ficam — ó maravilha! — do seu tamanhinho.

Pena que, ao acordar, o bolsinho revirado no avesso — pô! outra vez?

Único assunto as mocinhas bonitas, família ou programa, de todas cativo. A elas consagra, dedica e oferece a minúscula vida. Além de consumir o salário, solta cheque sem fundo, honrado afinal pela mãezinha indulgente.

Três da manhã, desperta o nosso herói, sedento, olhinho mortiço. Epa! surrupiada a jaqueta nova — em que bar? por qual vigarista? E o reloginho de pulso — epa!, digo eu, mais um? Até a cuequinha, ó Senhor, no quarto de encontros amorosos?

Nu, ao lado da cama — ainda menor descalço. A cabeçorra no corpo de garoto. Tristinho de morrer, infeliz, quebradiço de tão frágil.

E sempre que se vê no espelho, orra!, tem de olhar pra baixo.

De palavra polissílaba engole no mínimo uma delas. Divide a humanidade em inibidos e exibidos. Ele é exi...do (epa! uma sílaba de menos), já foi ini... do. Agora corre intimorato à luta. Telefona a uma de suas ninfas e convida para o chazinho.

— Posso levar o meu noivo?

A resposta da ingrata e linda. Mas não se abate. Outra será menos difícil.

Só de criança não gosta — curiosa, indiscreta, cruel. Como perdoá-la, se não para de crescer, a desgracida? Rodeiam-no em grupo, querem tocá-lo, boquiabertas. Uma corcova, oba!, esfregá-la para dar sorte. Um bobo de circo? Uma aberração? Um espirro de gente?

— Veja, mãe. O hominho, que engraçado... Deixa brincar com ele?

A pronta resposta:

— Mais bonita é a mãezinha. Que tal eu e ela? O joão-teimoso de duas costas?

Bem se perturba ao cruzar com outro da sua pequenice. Tropeça no vazio, faz que não vê. Mais triste quando em fantasia colorida de palhaço na porta de uma loja.

Mas não se entrega. Já engole um copinho de café atrás do outro, com muito açúcar. Tão aflito, sempre um pingo preto ou pó branco na ponta do narigão rombudo e torto.

— Tudo bem, ainda bem.

Não tudo. Mesmo para o nosso volantim audaz na corda bamba — sem vara e sem rede.

As madrugas alegres, o mulherio, um cigarro aceso no outro, a bebida falsificada. Mais quantos Gardenal para os nervos?

Sim, o nosso herói... O mal sagrado de santos e césares.

Febre e taquicardia, 108 b.p.m.

Valoroso, morre, mas não se rende. Óculo escuro, desgrenhado, pudera, se recolheu às cinco da matina. Bacanal na casa de mulheres, excesso de conhaque e cerveja.

Desta vez discreto sobre a atuação na cama. E o novo remédio que devia tomar a cada quatro horas?

Perseguido pelo sonho recorrente com o pai. Manso e humilde (o que nunca foi), o velho déspota se queixa:

— Ai, o que me aconteceu?

E quem diria! Também ele... um *pigmeu*.

— Olhe só pra mim!

O menor anão do mundo.

Já não pode o tirano implacável, ah, não mais!, perseguir e ameaçar o filho. Que se ajoelha para entender o fiapo de voz lá embaixo:

— O culpado não sou eu.

Compassivo:

— Sei, pai. Eu sei.

Rentezinho ao chão, o cicio rouco de fúria:

— É você. Só você!

E sem aviso a paixão alucinada do nosso herói pela famosa Otília. Negros olhos sem fundo, as longilíneas pernas, oh, sim, coxas fosforescentes no escuro.

A sofredora mãe se assusta com as exigências de dinheiro:

— Meu filho, meu filho. Seja bobo. Essa fulana não presta.

— Se você visse, mãe, como é bonita!

— Mais bonita, mais traidora.

— A senhora não conhece.

— Moça má engana bem. Isso eu sei.

O falso amor de Otília (que, salvação dele, fugiu com um taxista gordo de óculo) durou trinta e um dias e cinco cheques sem fundo.

Na pontinha do pé forceja para abarcar — ai, tão curtos não fossem os braços! — a árvore florida dos prazeres e, nos galhos mais altos, colher os frutos proibidos chamados Soninha, Rosinha, Claudinha, quantos mais?

Bendita e louvada primavera. A tentação das mil ninfetas em flor pra cá pra lá. Vestido branco de musselina... minissaia vermelha... blusa decotada... sem sutiã, ulalá!

Exibem e oferecem aos olhos (ai, Senhor, só aos olhos) as graças mimos prendas — não é pedir demais ao seu miúdo e sofrido coração?

Ah, se ele pudesse... ah, se elas deixassem... Umas poucas palavrinhas (de três sílabas), porcas ou não, sopradas ao ouvido na hora certa. Delas arrancaria êxtases de lírios místicos! rosas despetaladas de gritinhos e desmaios!

Em vez disso, o quê? A loira pistoleira. Gardenal. Iodo no uísque. Receita mortífera.

Achado pela manhã no quarto sórdido de pensão.

O pequeno príncipe bandalho na sua estrelinha de luz negra.

Sem relógio de pulso. Sem cueca. Sem tênis.

Celebrado por anjos caídos e putas viciosas, bandidas e cachorras.

No campo de batalha. Nu e despojado. Como deve ser o fim do herói.

O Sonho

Grávida de sete meses, Maria se acha esquecida pelo marido — o seu corpo menos atraente? De caso com alguma aventureira? "Se ele me trai, não sei o que faço. Bem capaz de... Não me duvide, que eu... E pico em mil pedacinho!"

Com tais pensamentos, ao lado do homem adormecido, se revolve inquieta até cair em sono profundo.

E sonha:

Precisa ir com urgência a Bocaiuva, onde nunca esteve. O marido no trabalho, obrigada a deixar na casa do vizinho o nenê de três meses:

— Por favor, cuide bem dele. Eu já volto. Não me demoro.

De carona no velho caminhão, pelo caminho tortuoso, entre despenhadeiros. Enfim diante do sobrado escuro. É esperada, mas por quem?

Entra, tudo vazio e deserto. Abre uma janela, dá para o cemitério, ela tem horror de cemitério.

Corre para outra janela, a mesma paisagem desolada.

Foge. Agora um velho táxi, o cacareco se arrasta gemendo os pedaços na longa subida, não chega nunca.

Atrasada, corre aflita pelas ruas. Ali na porta, o vizinho furioso:

— Sua desgracida. Assim que voltava logo!

— Me desculpe. Deu tudo errado.

— Foi bem castigada. Não sabe o que te espera.

Escuta choro e gemido do bebê.

— Mãezinha do céu! O que você fez com o meu filho?

Já se debruça no berço. Ai, não: manchas roxas de ferozes mordidas pelo corpinho inteiro.

— Por que, seu monstro? Como foi capaz? Só porque demorei?

— Isso não é nada.

Às gargalhadas, fugindo para a rua.

— Não viu o que fiz no pintinho!

Ela ergue o lençol. Ai, o horror, e tanto!

Um grito e acorda na cama, o rosto brilhoso de suor.

Olha para o marido ao lado e pede baixinho perdão. Veja como dorme, sereno, sorrindo no sonho.

Com a outra.

Programa

— Vamos, bem?

— Quanto?

— Dez.

— Onde?

— Logo ali.

— Tá.

— Chegamos.

— Se alguém vê?

— Não tem perigo.

— Dez. Tome.

— Com dente?

— Hein?!

— Veja. Sem dente.

— Não. Sim.

— Qual é?

— Sim. Fique.

— Tá bem.

— Mas não morda.

Maria Bueno

Na provinciana Curitiba
é morta Maria
da Conceição Bueno
em 29 de janeiro
do ano de 1893

tadinha de Maria!
pequenino lume vagante
tão cedo apagado

rapariga leviana
adora galanteio
no baile conhece
o guapo Inácio José Diniz
anspeçada do Exército
com ele vai morar

na noite fatídica de Maria
uma grande festa acontece
Inácio de serviço no quartel
Maria disposta a bailar
famosa entre os valsistas

com dengues mil
cantando alegre
ao espelho se pinta
não sabe a infeliz
toda se enfeita
para o tango do adeus

Inácio Diniz pede
não vá Maria querida
tanto eu te suplico
ainda faço uma loucura
ela bate o lindo pezinho
ninguém é dono de Maria

Inácio vai pro quartel
Maria vem pro baile
vestido vermelho
rosa amarela no cabelo
suspiro de todos os homens

promete chegar cedinho da festa
antes de Inácio do quartel
já de tudo esquecida
nos volteios pelo salão

para um amigo diz Maria
se não mordi a língua
por que sinto na bebida
esse gosto de sangue?
entre as cores e as luzes
por que me persegue
essa faísca de punhais?

tarde da noite Inácio lá espia
no grande salão iluminado
a ingrata Maria girando
perdida nos braços de outro

de volta ao seu galã
Maria segue depressinha
pela Rua Campos Gerais

[23]

da sombra do matagal
Inácio ataca num grito
morre bandida! traidora!
o punhal rasga o fino pescoço
de uma orelha até a outra

segura firme a cabeça
que não caia

Inácio se ajoelha e chora
matei o meu grande amor
duas vezes mortinho eu
sem honra nem bandeira
anspeçada já não sou

que paixão tresloucada!
que Inácio Diniz tão feroz!
antes se perder no inferno com Maria
do que sem Maria o céu ganhar

ao nascer Inácio Diniz
um cometa do mal riscou a noite?
a bruxa solta no mundo
lhe marcou na testa uma cruz?

ai, morrer não merece
nos fagueiros 29 aninhos
com um punhal na garganta
a desgracida Maria Bueno

Inácio vai pra cadeia
Maria pro necrotério

do sangue derramado
ali na terra floresce
mais vermelha que o vestido
a roseira do puro amor

no júri popular do anspeçada Inácio
o doutor brada retumbante
crime passional! defesa da honra!
já livre sem culpa nem pena

à desvalida Maria quem defendeu?
ó vergonha! ó justiça indigna!

impune o bandido não fica
na Revolução Federalista
Gumercindo Saraiva invade Curitiba
um dos primeiros fuzilados?
o anspeçada Inácio José Diniz

à Maria da Conceição Bueno
pela glória do seu martírio
já se erguem cruzes no país inteiro

milhares de velas acesas
tantas placas de gratidão
quantas preces atendidas
milagres reconhecidos
pelo povo proclamada santa
a única santinha do Brasil!

O Terceiro Ovo

Os dois solteirões visitam a irmã viúva.

No café com mistura ela requenta o arroz e frita os três últimos ovos. Como só ela sabe: douradinhos nas bordas e a gorda gema intacta.

Um petisco para cada um.

Indisposta, ela se decide pelo chá de camomila e bolacha-d'água.

Devorada a sua parte, ainda insatisfeitos, os irmãos ali na expectativa.

O mais velho calculando a exata divisão do terceiro ovo. Já o caçula, sempre afoito, alcança a travessa e serve-se. Estraçalha-o com avidez, nem ergue os olhos do prato. E remata aos nacos de pão embebidos na suculenta gema.

Nenhum comentário do outro. Na volta, apenas o silêncio, à sombra dos chapéus.

Antes inseparáveis, deixam aos poucos de se falar.

O mais velho se queixa de vento encanado — tossica três vezes. E, em vez de mudar de quarto, muda de pensão.

Visitam sempre a irmã. Cada um no seu dia certo.

Nunca mais se encontraram.

Sou Tua!

Avinhada, em brasas, irrompe sem aviso no escritório do jovem amigo do marido:

— Sei que você me quer! Eu me entrego! Sou tua!

Em pânico, ele gagueja:

— Por favor, a secretária já... Um cliente, hora marcada.

— Faça tudo! Me obrigue! Tome à força! Desfrute!

— A senhora se acalme...

Violenta, ela arrebenta um botão da blusa:

— Tô bêbada! Deixe nua! Agora ou nunca!

O toque salvador do telefone.

— Com licença. Alô? Alô?

Cabeça baixa, ela volta para o marido, sonolento na sua poltrona.

E, fiel para sempre, agora se emborracha em casa.

O Colecionador

Em busca de uma obra esgotada, esbarro na livraria com o Tito. Antigo colecionador, sempre bisbilhotando as estantes. Já me falou, não dos autores prediletos, mas dos seus insucessos amorosos com Rute, Valéria e agora Eliane.

Pudera, beija-lhes a mãozinha em pleno salão, diante de clientes e funcionários — elas, simples balconistas. Reconhece o exagero, um pobre lírico, deixa-se arrebatar.

Acha que, desta vez, a Eli retribui as suas atenções — olha para ele e sorri. Com que interesse oculto, ele se pergunta, feioso, gordo, careca.

— Que tal a comissão na venda?

— Ora, coisa pouca.

Assim baixote e pançudo, sempre a um triz do ridículo. Já imaginou se ela conta para as colegas? Bem como fez a Rutinha? Além de se queixar ao gerente, obrigando-o envergonhado a se transferir de livraria.

[31]

Já se declarou para a Eli e lembra gostosamente o diálogo:

— Você é mocinha simpática, atenciosa e muito bonita. Mais que isso, uma guerreira. Sei que a tua vida não é fácil. O dia inteiro correndo sem parar. Sofrendo a prepotência do patrão e o assédio dos clientes.

Ela, quietinha.

— Admiro as meninas corajosas. Você e as colegas. Aprendi a gostar do teu jeito de atender. De você inteirinha.

Ela:

— Também gosto do senhor. É muito educado.

O nosso amigo se entusiasma:

— Você gosta um pouquinho de mim? Então um gosta do outro, é isso? Só uma diferença: eu gosto ainda mais. Isto é, do que você de mim. Posso continuar?

A garota se abre em risinhos, deliciada ou constrangida.

Ele, para mim:

— Já viu, cara, uma cantada mais patética?

Sem interrompê-lo, já reparei no tal sorriso de gengiva à mostra, os dentes graúdos e amarelos, a própria queixada com que Sansão trucidou mil filisteus.

[32]

Tito prossegue, com entusiasmo:

— Será que é uma declaração, e por que não? Embora mais velho, não posso gostar de você? Um sentimento sincero e desinteressado. Apenas o prazer da companhia. Partilhar a tua alegria de viver.

Achava enfim as palavras certas.

— Assim como as tristezas, quem não tem? E necessidades. Essa crise, tudo tão caro. Bem queria ajudá-la, se me deixasse...

Ela, mudinha.

— Agora de vida folgada. Me aposentei, com rendas. Se você quisesse...

Já sentia o pé afundar na areia movediça. Prudente, seguiu mais devagar.

— Para você o gosto pela vida é mais forte. Já eu, pobre de mim, viúvo solitário, infeliz. O meu amor sem resposta...

Viúvo não é, uma pequena licença poética. Há muito vivem separados, ele aqui, a sua velha na praia lá longe. Com esclerose múltipla, a pobre. Já esquece a comida no fogo, deixa queimar. Furiosa e intratável, ao vê-lo só quer discutir. Agressiva, aos gritos. Tito se refugia no silêncio e na distância.

[33]

Aqui, não. Falaria sem parar. Somos interrompidos, ainda bem, pela gerente, que nos oferece chá para mim e cafezinho para ele.

Aproveito para me despedir.

— Vai em frente, Tito. É o que eu faria.

— E o pavor do grotesco, se ela conta? Como fez a outra?

— E daí? Tudo bem que conte, nenhuma tragédia. Nada vergonhoso ou patético. O corpo envelhece, não o coração. Lembre a sabedoria dos longos anos. Qual é o ditado dos antigos?

— Que longos anos? Qual sabedoria? Que antigos?

— ...

— Sou o mesmo adolescente imaturo dos quinze anos!

— Epa! Então somos dois.

— Perdido por um bracinho nu de moça, onde pastar a minha fome!

— Assim é que se fala, cara.

— Não sei, não. E a Eli? Será que...

— Ora, você muda de livraria. E começa tudo de novo.

— ?

— Com outra.

Ele se demora ainda um pouco. Decerto comprará da Eli mais um, sei lá, dois, três livros.

Que não lhe interessam nem vai ler.

Desconfie dos colecionadores, esses beijoqueiros de mão. A sua busca nunca é o precioso manuscrito raro. Tão somente a florida balconista.

Um Ladrão

Muita noite, com um grito, acordo sentado na cama: os pés furtivos dum ladrão remexendo no quarto! O mesmo que mamãe surpreendeu — há que anos! — na casa velha da Rua Aquidabã.

Entrou pela porta malfechada, éramos três ali deitados. Ela escuta bulha, abre o olho, dá com o intruso no canto escuro a espiá-la. Ambos assustados, nenhum diz palavra. Ela, de boca aberta, o gemido surdo na garganta.

O tipo se abaixa, some ao pé da cama, aparece de volta. Sem um pio, o dedo na boca ordena silêncio. E se esgueira de fininho pela porta.

Mamãe sacode o pai:

— Acorde, um ladrão... Acorde, homem. Um ladrão aqui no quarto!

Meu pai resmunga, demora a entender. Até que, em cueca, descalço, alcança o revólver sobre o guarda-roupa.

[37]

Vasculha a casa, e nada.

Pela janela ainda aberta da cozinha ergue bem alto o braço e dispara um, dois, três tiros pro ar!

O que a mãe e o ladrão não viram é que acordei e seguia toda a cena. Posso descrevê-lo: calça rasgada, olho faiscante no escuro, o brilho do punhal na mão — ui, é canhoto!

Episódio tão marcante que, já esquecido pela família, a mim ainda hoje persegue. Um grito de terror me esperta, sentado na cama, tantos anos depois.

Memória — ó Capitu das mil traições!

Sou um cara demais impressionado. A verdade é que não fui testemunha. Nada vi. A mãe tudo me contou.

De férias, nem estava em casa naquela noite.

[38]

Soninha

Os cinco aninhos berram do banheiro:
— Mãe. Ei, mãe. Aqui, depressa.
Pronto ela acode.
— O que foi, anjo? Que foi?
— Olhe. O meu pepeto tá em pé!
A vez dela agora se assustar.
— Eu examinei e examinei...
— Sim?
— ...pra ver se não é bactéria.
— !
O c-t bem destacado.
— Mas não achei nada.
— Ainda bem, filho.
— Agora me lembro que ele só ficou em pé...
— ?
— ...depois que pensei na Soninha!

O Velho Poeta

Três da tarde encontro na confeitaria o velho poeta. O nosso tipo faceiro do mestre parnasiano Alberto de Oliveira. Juba toda branca, bigodão, óculo. Impecável no chapéu com peninha e bengala (invisível).

De volta do correio, despachou alguns exemplares da nova obra.

— Epa! Livro inédito?

— Mais um. Perdi a conta. Cerca de quarenta.

— Qual é o título?

Ei-lo de olhinho vago, o ar confuso.

— Sabe que agora me escapou. São tantos. Ando meio esquecido...

— Ah, isso é natural. Eu também.

Pobre do nosso festejado orador, a patativa gorjeante dos túmulos. Indispensável no enterro dos beletristas imortais, já não lhe acode o nome do falecido. Se perde no aranhol das frases, indeciso para concluir o discurso. Em desespero, para se safar, uma citação latina, ainda que aleatória.

Desmemoriado, mas não vencido. Gesto mais lento, para designar alguém se vale do famoso recurso:

— Como é mesmo... Esse menino... Ora, você sabe... O coisa...

Ainda um forte, nada o abala. Insiste mais uma vez na esclerose do trêfego Edu, o artigo tatibitate no jornal.

— O Jonas, muito envelhecido, não vai longe. E o Davi, então, nem se fala.

Egotista, rabugento, teimoso como só, haja paciência para sofrê-lo. Meio surdo, de súbito perdidos, cada um falando de outro assunto.

O de sempre, se acha injustamente esquecido. Já não é citado nas resenhas e antologias. Tão lido e sabido nas letras, tantos prêmios e títulos. E assim o desdenham, quando não insultam:

— *Por que não descansa a pena vetusta?*

Em vida recordado já fosse morto. Você leu um só poema? Dispense os demais. Repetitivo, o passadista, o mesmo.

— *Ó deusas cansadas! Ó anoréxicas musas!*

E, não bastasse, agora nos últimos estertores da luxúria senil.

A cidade é outra, ele o eterno poetão — a lenda no reino dos bárbaros do verso livre.

— Me sinto mais próximo da barata de K do que dos novos poetinhas de Curitiba!

Troveja contra a província ingrata:

— Uma aldeia estrangeira. Dela escondi o meu rosto. Ninguém mais conheço. Já não falamos a mesma língua.

Embora não o desgoste a pretensa identificação do bardo com o personagem. Lisonjeiro o renome de trovador fescenino e bandalho, reinando ao sol negro dos inferninhos.

Melhor do reumatismo, de nada se queixa, sequer o pezinho frio. Nenhum desgoverno das tripas, não sabe o que é embaraço gástrico, noite de insônia.

Epa! interrompe a própria louvação para uma e outra corridinha urgente ao banheiro.

Fim de semana saudado na praia por um banhista, ambos de calção, ele sem óculo. Surpreso que tanto soubesse da sua vida, afinal não se conteve:

— Mas quem é você?

— Ora, quem sou eu?

— ...

— Sou o Tito, poxa! O teu irmão Tito. Já não me conhece?

Arrastado a uma volta ao mundo em vinte e um dias — o crime perfeito urdido pela doce companheira. Sobreviveu ao programa do guia turístico: uma noite no Moulin Rouge, as torres da catedral de Colônia, o passeio de ônibus nas ruas sórdidas do Cairo.

Ah, Paris é uma cidade linda. Madri é linda. Lisboa é linda.

Cara, só isso pra contar? Bem que reserva ciosamente para a obra o sorriso da garota de vestidinho branco numa viela de Florença. E o ravióli à carbonara — supimpa! — servido na mesa sem toalha da cantina grega. E o pilequinho do rascante vinho verde no bistrô da Rua Caumertin. (Que o levou a tentar naquela noite, ai, sem sucesso, o último orgasmo com a parceira inerte e fria.)

Ei-lo de volta, inteiro, impávido. Ela nem tanto, desordem nas entranhas e depressão do espírito.

Nunca mais se atreverá. Reconhece que, embora velhusco, é indestrutível.

O poeta pede chá com torrada. Para resisti-lo tomo café com leite. Mais uma empadinha. Mais um papo de anjo. Mais um quindim. E outro, em estado de graça.

Não me comove o seu olhinho cúpido de inveja enquanto, mísero consolo, evoca o célebre croquete de bacalhau da tia Zica.

Nada aproveito nas duas horas. Acho que isso lhe devo, pelo que já foi e, ai de mim, tão bem versejou. Triste ser um mestre do decassílabo, o virtuoso da rima rica, o derradeiro da espécie.

Como porém não lhe admirar a coragem? Na sua idade, solitário pelas ruas — achará na volta o caminho de casa?

Na esquina, tateante, inseguro, devo guiá-lo pelo braço. Em momento algum admite a degradação dos anos, o caruncho na alma.

— Não sinto nada. Não sofro de nada.

Já se defende, impávido espadachim que se bate. Que se bate. Que se bate.

— Pretendo celebrar os cem aninhos. Ainda chego lá.

Eis que divaga, ausente da conversa. Não enxerga nem ouve direito. Confessar ou admitir? Não ele, assim que deve ser, valentão até o fim.

Vangloria-se de dormir sem problema, basta encostar a cabecinha no travesseiro e, pronto!, o sol bate palmas na sua janela.

Ah, é? E a famosa insônia crônica — gritos e uivos do pesadelo que provocam taquicardia e terror na velhinha ao lado?

E como tem sonhado. Assunto para novos poemas oníricos. Sem esquecer os eróticos. Uai, já pensou?

— *Canto os amores das ninfas negras!*

Com sorriso gaiato, insinua a visita de jovens admiradoras, que se oferecem para lhe aliviar a solidão sentimental.

Na despedida, confessa que não sai quase de casa. Empurrado pela santa velhinha:

— Ande, amorico.

Entre resmungos e rosnidos, se tratam apenas de amorico, amoreco.

— Vá passear. Se distrair com os amigos.

Antes que me afaste, a súbita precisão de se confessar.

— E quais amigos são esses? Que fim levaram? Todos mortos descartáveis esquecidos.

Apesar de emocionado, já ensaiando uma estrofe da próxima elegia:

— Na lagoa do Passeio Público eles flutuam ao luar, entre os pedalinhos, pra cá pra lá... solenes de terno e gravata, a barriga inchada à flor d'água, pra lá pra cá...

Menos dramático.

— Epa! que fim, que triste fim deram aos famosos chatos da cidade? Nas ruas já não esbarro em nenhum conhecido, sequer os tais chatos das sete pragas do Faraó. Programado para deles fugir, não é que de repente sinto a sua falta?

A voz rouca:

— E quanta visão patética. Um velho colega, amparado no braço do filho, arrasta os pés. A braguilha — fatal! — aberta...

Suspira fundo.

— O Lima, perna dura e bengala. Ai, não! o fundilho da calça...

Um fio de baba escorre da boquinha torta e pinga na bela gravata azul — nem se dá conta.

— A graciosa namoradinha... Piedade, Senhor! Ó santíssima! Ó patusca! E a mim, como eles verão, ai de mim...?

Trêmulo, se apoia no meu braço. E assim de perto, fagueira e sub-reptícia, me envolve a agridoce morrinha do velho.

— No caminho de casa já desgarrado e errante. Que praça é essa? Qual rua desconhecida? Que cidade nunca vista, meu Deus?

Todo ateu que ele é, bem O sabe invocar na hora de aflição. Não mais uma flor de retórica e perdigoto depositada no ataúde dos imortais.

Exibe um dos papeluchos no bolso. Com o nome completo. Endereço. Número do telefone.

Em letra feminina, duas linhas sublinhadas: *Por favor, contatar... Será bem gratificado.*

— Para o caso de...

Um aperto frouxo de mão.

E a promessa vaga de novo encontro, a que não pretendo ir.

O Hóspede

A mulher, separada, com dois filhos, recolhe na casa o novo amante. Mal sabe que o boa-pinta é foragido da polícia por crime de morte.

Instalado bem quentinho, nada faz além de se regalar, no boteco da esquina, com garrafas de vinho e carteiras de cigarro.

Por conta da fulana.

O filho, de onze anos, e a menina, de oito, ao abrirem a porta do quarto, dão com o hóspede. Em trajes menores.

O menino, voz baixa e tremida, telefona para a avó:

— Na minha casa, um outro homem, que não é meu pai.

— Ah, isso não se faz. Será que...?

— Vou já telefonar, contando pra ele.

A mulher, que escutou, presto se interpõe na conversa com o ex-marido:

— Não é nada disso. O hóspede é só um amigo. Sabe que sou insegura, né? Sozinha em casa, com duas crianças. O que você queria? Fácil imaginar o que responde o homem bem longe a salvo.

Essa aí não entra em elevador. Não sobe na escada rolante. Sempre em roda de cantoria e reza nos terreiros. Não faz compras. Manda a criadinha ao mercado, entrega dinheiro e cheque, sem controle das despesas.

O menino liga de novo para a velha senhora:

— Vó, a mãe me chamou de traidor.

— Ah, ela não pode...

— Diz que desta vez me perdoa.

Pouco depois:

— Vó, o Paulão é meu amigo. Um cara muito legal.

— ?

— Uma conversa de homem comigo.

— !

— Tudo explicado.

Vá saber, suspira a velhinha. O que esse bandido falou ao pobre menino.

O Nariz

A moça feinha
junta com sacrifício
o dinheiro de operar o nariz

anestesia pouca
dão-lhe outra geral
sofre parada cardíaca
entra em coma

dias semanas meses
um simples vegetal

a mãe viúva à sua cabeceira
chora geme reza
uma lágrima suspensa
na vírgula do nariz

Corações Floridos

Encontro o meu amigo sentado na cama, a cabeça baixa e dois envelopes amassados entre os dedos.

— Que aconteceu, cara?

Ergue o rosto sofrido, olhinho vermelho, sem enxugar as lágrimas:

— Viu o que ela me fez?

— Epa! Quem? O quê?

Estende as cartas, que leio devagar, duas vezes cada uma.

Drama de amor, nada mais.

Uma é da mãe. Ela e o pai, voltando da novena, vislumbram a Ceci, no escuro da varanda, aos beijos com um rapaz. *Desculpe o tremido da letra, meu filho. Deixo você enganado? Ou sou a mensageira da traição?*

A outra, da noiva. Ignora ter sido vista. Como sempre, divaga sobre futilidades. E, no fim, as velhas juras de amor, mil beijinhos de saudade. Ao lado da assinatura, dois corações floridos.

Devolvo as cartas. E dizer o quê?

— Quem sabe foi melhor.

— Como assim?

— E você? Não está de caso com a Bia?

Ele, desconsolado.

— Mas é da Ceci que eu gosto.

— E a outra?

— A Bia não é meu tipo. Essa borboleta esvoaçante, que vem e vai. Me aperta a mãozinha em brasa. Quer me afogar bem fundo nos verdes olhos de ressaca.

— Puxa, isso não é amor?

— No cinema, suspirosa de beijos. Perdida e louca ao menor toque.

— E daí?

— Só que... Sei lá. Acho tão sequinha.

— Decerto mais bonita que a Ceci.

— Pô! não tem o que apalpar. Sou chegado nas dunas calipígias movediças.

— Se for uma falsa magra?

— Não é o que...

— Coragem. E você aqui chorando por essa traidora.

Abatido, sorriso triste, voz baixa.

— Depois de mil sacrifícios pela Ceci. Nada gastando. Tudo guardava para a ingrata.

— ...

— O nosso futuro, tão sonhado. O terreninho, a casa, as roseiras, uma horta.

— Pois é.

— E o pai ficou de ajudar.

Vai até a mesa e apanha uma folha com desenhos e rabiscos.

— Veja. Antes de receber a notícia. E mais tarde...

Uma carta interrompida. No alto da página, dois corações em azul, lado a lado.

As primeiras frases amorosas na letra gorda e caprichada.

Um espaço de cinco ou seis linhas em branco.

E, no final, agora separados — um, negro e outro, vermelho —, os corações.

Um em   cada canto.

Naná

Ai, que triste fim levaram
os dias gloriosos da Naná
grande puta de luxo
primeira-dama no randevu da Otília
enjeitou coronéis joias fortunas
rendida de paixão louca
pelo garçom careca do Bar Palmital
aceita com desprezo
boa só de lhe aparar as unhas do pé
escrava pra todo serviço
sempre de olho roxo
afinal viúva pobre
sem direito a pensão
costureira modesta nos últimos dias
oclinho e dentadura dupla

*

por essa traidora
do mais puro amor
contei nos dedos
os primeiros versos de pé quebrado
em itálico no jornal estudantil
ó ninfa! ó musa! ó sílfide!
língua obscura para a iletrada Naná
essa bandida preferiu mesmo
o sadista galã de várzea
no elegante chapéu branco de palha
fala mansa e pouca
toda mulher
    se faz de rainha
pro gostosão dela
    fica de joelho
um beijo de língua
    cê leva pra cama
com três tabefes
    ela abre as pernas

A Viagem

— Como foi de segunda lua de mel?

— Quer mesmo saber?

A viagem desde o início arruinada pela companhia sabe de quem.

Rabiscava as iniciais em toda sagrada coluna de templo grego.

Murchou a delícia do mais carnoso figo siciliano.

Converteu o vinho francês da melhor safra em vinagrão azedo.

E o pior é que, sempre juntos, nem podia rezar que o avião dele caísse.

A Caixeira

Ai de mim, essa desgracida não consigo esquecer. Minha doce Rutinha. Aqui estou, mais uma vez, rondando a porta da livraria, sem coragem de me aproximar. Já não me quer, não sou Apollinaire.

Não foi ela quem me seduziu? A moça que arrancou o manto do velho. Um José entrado em anos. A mulher de Potifar nos verdes aninhos. Potifar, no caso, é o famoso gringo.

Eu frequentava inocente a livraria. Atendido por ela, claro, interessada na comissão. Que tanto me sorria, sempre com agradinhos? Mais que boa maneira, um lampejo de ternura no olhar, o toque mais demorado na mão.

Não pode ser, eu me dizia, gordo e careca. Sem falar da dentadura dupla. Fixação na imagem paterna, quem sabe? Longe dos pais, sozinha na cidade grande. E não esqueça que tudo eu ignorava do gringo.

Seguido me repetia:

— O senhor é o meu cliente predileto. O que mais compra livro. Sei que é famoso colecionador.

E com dengue na voz:

— Sinto uma grande simpatia. Gosto muito do senhor, tão atencioso e educado. Até me beija a mão. O único que jamais fez isso.

Assim me deixei aos poucos envolver, quase sem sentir. Me contava que tinha ido no domingo ao Passeio Público. Um convite para encontrá-la? E o seu horário na Faculdade de Letras. Mais a lanchonete habitual no almoço. O apelo do amor, não era?

Perplexo, sempre uma eterna pergunta. Na minha idade o ridículo ao menor descuido. Velho, seja, com um resto de dignidade. Um desafio para a safadinha, que me atraía no aranhol da sedução.

Tivemos dois ou três encontros, provocados por ela. Acompanhei ao teatro. Uma comédia sem graça, ela ria sem parar. E eu, miserável — gargalhava! Levei-a jantar lá em casa. Mulher e filha, como sempre, na praia. Sem coragem, eu me dizia viúvo triste.

E como tinha apetite. Uma boca toda dentes afiados que iriam me estraçalhar e cuspir. Respeitoso, para não assustar, mal a beijei na despedida.

Ninguém finge as mãos quentes. Era mesmo de afeição o seu olhar. Com faíscas lascivas do vinho branco.

Eterno apaixonado, já era o amor.

Dia seguinte, a pancada fatal da marreta na nuca. Ela fala em drama de consciência. É a revelação do gringo.

Dois anos e meio vivem juntos. Já trabalharam seis meses na Alemanha, ela doméstica, ele garçom. Agora promotor de eventos, seja o que isso significa. E tudo contava risonha, indiferente, leviana.

Ao me conhecer, delicadezas e promessas, no dilema entre mim e o gringo. Nos próximos dias anunciará a decisão.

E eu? Dividido. A mão trêmula no punhal. O nó górdio no peito.

Pronto, em pânico, desesperado, sem dormir. Ah, sua cadelinha. Me usou, se divertiu. Pois não me conhece. Chorando lágrimas de sangue, há que preservar o brio do homem.

E se não conseguir? Aqui estou, apesar das juras. Rodeio a livraria, sem ânimo de entrar. Decerto contou às colegas, que me apontam de longe:

— Olha só quem vem lá! O velhinho da Rute. Não desiste, o pobre. E ela rindo nos braços do gringo.

Ciente da sua inclinação por ele, me antecipei no adeus. Menos difícil do que pensava. Soluçando por dentro, mas fui durão. Salvei o respeito próprio. Tudo ela facilitou, é verdade, amorosa na despedida. Suas razões: minha família e o gringo. Ah, pérfida Zuleica. Desde muito sabia da suposta viuvez. Fim do drama, escolhe o gringo.

Inútil pretender demovê-la. Basta ver a queixada prognata, essa falange aguerrida dos dentes amarelos de mil cigarros.

A última vez? Pronto ela consente beijo e amasso. E ainda toma a iniciativa. Ai, como não morrer? Estreitando afinal o corpinho tão desejado e impossível

Tadinho de mim, nada mais. Já me afasta resoluta a mão viageira.

Assim o adeus é fácil. Entre beijos de língua e abraços. Podia me despedir todo dia. Cantando e dançando.

O difícil é depois. A certeza que está perdida. Tudo se foi com ela. Para sempre e nunca mais. Dignidade, de que me serve? Durão nunca fui. Ó pobre coração de corruíra.

Na empolgação da hora, conchegada nos meus braços, fiz loucas promessas. Não procurá-la, não telefonar, trocar de livraria. Ah, que leviano, eu. Cabeça tonta, em que nuvem deliravas?

Sorrio para mim, tristemente. Não se fie na promessa do apaixonado. Bem me repito: não dormirei esta noite, outra e mil noites. Depois hei de esquecer. Nunca mais. Adeus, para sempre. Rutinha, meu triste amor.

Sempre uma esperança. Se porventura fraquejar, se doer muito, posso pedir nova despedida. A primeira não valeu.

Assim ganho tempo, observo os seus defeitos, quem não tem? De verdade, como qualquer outra, é uma finória traidora. E todas não são?

Sabe o que me propôs, a cadelinha? Sermos apenas bons amigos. Recusei, todo ofendido.

Agora, penso melhor. Quem sabe. Assim posso continuar a vê-la.

Dentes feios, que nada.

Já sentiu a vertigem do abismo no convite desse profundo olho azul?

E o sorriso que alumia num relampo a noite do cego?

A graça no simples ato de enrolar o cabelo e, ao soltá-lo, já se desmancha sobre o ombro nu — fina chuva de giesta loira?

A deliciosa penugem da nuca, oh, não!, uma alucinante pinta de beleza ali se oferece aos teus caninos (ai! nem tão afiados)?

A curva perfeita do pequeno seio, cacho maduro de moscatel — e dois duma vez!, que embriagam as abelhinhas e os beijos zunindo tontos à sua volta?

Esta noite chega logo ao fim. Amanhã, sete horas em ponto, abre a livraria.

O primeiro a entrar adivinhe quem é.

Três Gotas de Sangue

A jovem mãe, voltando do emprego, ouve no corredor o riso do filho com a criadinha.

Abre a porta e, amorosa, os braços. Os três aninhos fingem ignorá-la, ofendido por seu primeiro dia de escola.

Continua a brincar, indiferente. Atira-se no sofá, rola no tapete, assim ela não estivesse.

— Meu anjo, não vem beijar sua mãe?

Em resposta, ele beija a criadinha. Uma, duas, três vezes.

Basta a mãe apertá-lo nos braços, já suspende o riso. Pronto a choramingar:

— Ai, dói... Não. Dodói!

Feitas as pazes, ao deitá-lo na cama:

— Quer água, meu filho? Iogurte?

Nada ele quer.

Tão logo a jovem pega no tricô:

— Mãezinha, com sede...

Ainda não foi perdoada. Dá ou não vontade de esganar?

Tarde da noite se recolhe, exausta. Assim que apaga a luz.

Já se abre um olhinho esperto:

— Mãezinha, me traz iogurte?

Silêncio.

— Por favor, mamita.

Como resistir a tal chantagista finório? E nem pense em recusar, que se arrepende.

— Ih, sua feia. De você não gosto mais.

Três gotas de sangue para o sádico precoce.

— Só da mocinha.

Um de Nós

Na mínima jaula do Passeio Público o tédio existencial do par de babuínos. Pra se distrair o macho cata piolhinho na companheira. Dele o pessoal espera, espera, não, exige macaquice. Apenas olha-nos triste e desolado, coça a testa — arreganha as beiçolas e rincha de forte escárnio. A plateia ululante xinga-o, atira casca de amendoim e pipoca, alguns à cata de pedras. Irritados e furiosos com a própria imagem — *lincha, palhaço, lincha*. Queremos vê-lo é se balançar de ponta-cabeça. Em desprezo nos vira as costas, exibe o traseiro lisinho e róseo. Ninguém se iluda — é um de nós.

Anjo Bastardo

A moça é bem-casada, com dois filhos, dez e oito anos. Encanto do marido, que a segue por toda a casa.

— Arre, que você não me dá espaço!

Cabeleira grisalha, olho azul, bonitão. Ela, nem tanto, mas de forte presença. Há uns dois anos, quis a separação. Ele pediu que não, prometeu, se humilhou. Aceitava ficarem um ano sem contato íntimo.

Novo sacrifício, vasectomia. Ela concordou em reiniciarem a relação.

Agora, de repente, a notícia inesperada:

— Grávida!

— Não é possível.

Ela confessou que gostava de outro. O filho, esse, era do tal. E já decidida, enviado por Deus, ficava com ele.

O marido em desespero: matar a desgracida ou morrer?

Discute com a sogra:

— Não sei... essa bandida da tua filha... se afogo no travesseiro...

— Credo, rapaz.

— ...ou dou um tiro aqui no ouvido!

— Se acalme, João. Pense nos filhos. Muita fé em Deus.

— Me empreste o revólver do finado. Nem isso eu tenho.

Surpresa! a mãe ao lado da filha, até se oferece para criar o futuro neto.

Ele se consola com os parentes, de pronto solidários:

— Não tem perdão. Ela não merece. Já já trate de repudiar essa grande cadela. Fora de casa, aos pontapés, rua!

— É que eu...

— Se aceitar o bastardinho... Será uma desonra. Não só pra você. Todos nós. A família. O nome ilustre.

— Sim. Eu sei.

— Faça isso por nós.

Tudo menos desistir da bem-querida.

— Seja homem, cara!

O amor, essa coisa, sabe como é.

Sugestão do médico da família, novo exame de fertilidade. Não é que, apesar da vasectomia, ainda capaz?

Já disposto a crer piamente:

— Viu só? O pai sou eu. Muito eu!

Sem apelo a sentença da mulher.

— Não. E não. Eu que sei.

— ?

— O pai é o outro.

*

O marido se desespera com a gravidez imprevista da mulher — esse maldito fruto alheio.

Muita noite acorda, tamanha aflição e angústia. Crise de choro nos braços da pecadora infiel. Tão querida e tão ingrata.

Uma bênção alcançada! Mal menor — é menina. Fosse guri, já pensou? A imagem no formato e na medida do outro. Altão, boa-pinta, bigodinho.

Mas ele, o marido, sabe. Ela sabe, e como!

Ai, meu Deus, e o traidor do outro? O canalha do outro? O monstro do outro saberá?

Diante do bebê, reconciliado o casal. E, mais, embevecido. Como não amá-lo, assim gracioso e indefeso? Ao envolver-lhe o indicador nos róseos dedinhos tudo era perdoado.

Dos parentes dele, nenhum veio. A desonra da família. A vergonha de todos.

E os dela, em volta do berço:

— De quem esse queixinho?

— E o narizinho é do qual?

— A quem puxou essa orelhinha?

Até que ela se impacienta, pretende cansaço, exige ficar só.

Sozinhos.

E podem os dois se deslumbrar com as fofuras do anjo bastardo.

*

A mãe chama os dois pequenos e revela que a nova irmãzinha não é filha do pai.

O garoto, cabeça baixa e voz dura:

— Eu já desconfiava.

E a menina, quase chorando:

— Nunca mais quero falar nisso.

O marido acha prematuro contar. Ela decide que logo saibam. Muito parente já comentando. A criança nadinha parecida com o homem.

Um loiro. A outra, bem morena.

Não é que, ó meu Deus, a menina também escurinha. E o marido já se pergunta, essa aí, de qual dos dois?

Meio da noite, aos soluços, ele acorda.

— Estou perdido. Sem... Não sei mais o que...

A mulher, assustada:

— Se acalme, benzinho. Fale baixo. Que os meninos...

Já despertam com as vozes.

— Não bastasse... agora o outro...

— Quem? O quê?

— O fulano, esse mesmo, ele quer... Mais, ele *exige*...

Marcado

Sonho que acordo assustado no meio da noite. Um ladrão força a janela do quarto.

Corro para fechá-la, é tarde. O tipo repelente já enfia a cabeça e o peito adentro. Me fixa com ódio que mata.

— Desta vez, Edu, você não escapa.

— Por quê?

Roído de eterna culpa.

— O que fiz de errado?

— Você não me conhece. Mas eu sei de tudo.

Sim, pode ser. Eu confesso. Antes mesmo dele falar.

— Sei quem você é.

— ?

— Sei o canalha que você é.

E a sentença final.

— Tá marcado, cara.

Gaguejo, em pânico.

— Não pode ser. Não fui eu.

A culpa não é minha. Mas do que, meu Deus? Afinal de que me acusam?

Ele, com desprezo e nojo.

— Já morto...

— Eu juro por tudo...

— ...e enterrado. Só que ainda não sabe.

Um grito de terror e desperto, agora sim, na minha cama — salvo!

Até quando?

Caquis

A linda noivinha
de avental florido
serve a mesa
hoje inventei uma salada de caqui
pro meu amor
admirando as graças da jovem
ele já se promete
o grande guloso
tão outras saladas
bem outros caquis

A Ninfeta e a Matrona

— Um amor impossível. Era loira e linda. Por ela capaz de todas as loucuras. Casada de pouco. E já infeliz.

— O bom e velho drama.

— Orra, um maldito agente de polícia. Fama de arbitrário e violento.

— Polícia é fogo.

— Todas as loucuras, eu disse? Bem, quase todas. Confesso que me acovardei. Sem piscar, o bruto caçava os dois pombinhos.

— Caçava, estraçalhava, comia a carne branca. E ainda roía os ossos.

— Agora ao encontrá-la, tantos anos depois, a fagulha viva do antigo amor. Apesar de feridos e sofridos pelos anos. Ela, separada; eu, viúvo. Ambos com filhos e netos.

— Só pode dar confusão.

— Bem-conservada. Um tantinho mais robusta. Sempre bonita e vistosa.

— Ainda que mal pergunte, a deusa com quantos anos?

— Tenho 74. Ela deve estar com 68.

— Epa, mas a deusa é uma velhinha!

— O que sabe você dos mistérios do coração?

— Em vez da ninfa etérea esvoaçante nas nuvens...

— Pô, essa boca torta...

— ...a matrona gorducha que reina aos gritos com seus bacorinhos.

— ...vira pra lá.

— E tem coragem? Com a avozinha nua nos braços... é fatal que se arrependa.

— Ei, cara.

— O fim da última esperança.

— Qual é a tua?

— Uma visão pior que o tira sádico aos urros na porta!

— Você é um príncipe, hein?, para animar os amigos.

— Uma tarde não de prazer mas triste decepção.

— Peraí. Como é que pode...? Se nem a conhece.

— E para sempre o sonho perdido de amor

— Logo mais o encontro.

— Ela, já pensou? Não é a mesma. Dois desconhecidos.

— Que exagero. Nem tanto assim.

— Abusados pelos anos e desenganos. Cabelo branco, vista cansada, fôlego curto.

— Não posso me atrasar.

— Entre a ninfeta e a matrona...

— Orra, você não tem dó?

— ...por que não conserva a ilusão?

— Ela está me esperando.

— Sob os lençóis, ai!, o humilhante fiasco e a maior vergonha.

— Comigo, não. Tesconjuro!

— *Não sei o quê. Tão nervoso, querida. Isso nunca me aconteceu...*

— Nem mais um pio.

— Guarde minhas palavras. Use à vontade

— Lá vou eu.

— Seja feliz, amigão.

Uma Rosa para João

Por volta de três da manhã
os moradores da favelinha
ouviram gemidos na rua
uma voz agonizante pedia socorro
com medo ninguém acudiu

de manhã o morto ali em paz
já não tinha nenhum lugar pra ir
o único sem pressa pra nada

o cabo André e o soldado Tito
deram com a cena nunca vista

o corpo sangrado de golpes
os braços abertos em cruz
o punhal até o cabo no peito

uma pequena coroa de rosas
em torno do rosto barbudo

uma flor espetada na boca

o próprio assassino quem diria
cuidou das pompas fúnebres

foram ao todo quinze pontaços
oito no pescoço
quatro no rosto
um no peito um na testa outro na mão

três montinhos de terra
aqui a cabeça ali os pés
demarcavam o corpo

mais o punhal de sangue
o velho par de chinelos
o boné com a inscrição *Jesus*
um cachimbo partido
a garrafa de pinga vazia

o inventário de todos os bens
no último dia de uma vida

o colega Pipoca deu o serviço
o nome era José João de Jesus
morador de rua
catava latinha
virou andarilho por conta do vício
pela droga e a cachaça

depois de tudo perder
sem mais nada
nadinha de nada
trocando a mulher
por trinta pedras
vendeu a filha
por um tantinho de pó

O Mesmo

"Ai, quanta saudade, meu bem. Tanto mais longe, mais penso em você. Basta um riso, uma nuvem, uma canção, pronto!

É você gemendo delícias ao meu ouvido. Nuinhos, ai, sesta do prazer festa do amor.

E você, o que tem feito? Muito trabalho? Decerto já me esqueceu."

"Ai, quem dera. Não mais a boca, o seio, a rosa de quatro pétalas se abrindo entre os lírios.

Apenas a tua sombra, ó ingrata, senta comigo à mesa. Come no meu prato. Bebe o meu copo de vinho. Ah, sim. Vez em quando, até uma briguinha.

No mais, como sempre.

É a mesma casa.

A mesma rua.

O mesmo inverno na alma.

O mesmo amor."

Rute, Meu Bem

Aqui estou. Continuo comprando livros e mais livros, que nunca vou ler.

Ela, dramática.

— Daqui a uma hora encontro o Juan. O que digo a ele?

— Não há nada a dizer.

— Sabe o que o gerente me perguntou? *O que há entre você e o senhor Tito?*

— E você?

— Falei que nada.

— Disse a verdade. Nada entre nós.

— Me sinto culpada. Com drama de consciência. Cansei de fingir para o Juan. E esconder das minhas colegas.

— Então só resta o quê? Não nos vermos mais. Isso que você quer? De mim não me acho culpado. Nada fiz, nada fizemos. Nenhum problema de consciência.

— Mas você foi casado. E tua mulher, se soubesse, o que diria?

Pobre da minha velha, esclerosada lá na praia, de todos e tudo esquecida.

— Me interessa o que você acha. O que pensa.

— Sou considerada funcionária-modelo pelo gerente. Um exemplo para meus colegas. Muito religioso, ele não aprova namoro entre nós. Menos ainda com os clientes.

Ah, essa não. Logo pra cima de mim, que grande cadelinha.

— Tudo bem. Quer que me afaste? Aceito a tua decisão. De coração partido, mas aceito.

De verdade já começa a me cansar, a merdinha. Depois de tudo o que fez sofrer. E quantos livros inúteis comprados?

Sempre ressabiado que é a despedida, me faço de durão. Sem abraço nem beijo nos dedinhos. Para ser honesto, ela quem me pediu. Se de novo eu tentasse, consentiria?

Dia seguinte:

— Afinal o que disse ao Juan?

— Nadinha de nada.

— E ao gerente?

— Nada de nadinha.

— E o conflito de consciência? O desgosto de fingir e mentir?

— Ah, nem pensei nisso.

Se é tão volúvel, há que me cuidar. Muito perigosa, a tipinha. Mais forte que eu. Perturbado e aflito, o que faço para me salvar?

Demoro a enumerar os seus defeitos. Os mil dentes afiados de piranha faminta. A dissimulação, a mentira compulsiva, a perfídia de Jezabel.

E, mais recente, o cacoete de baixar a pálpebra, me ouvindo de olho fechado, não é curioso? Para gravar as palavras?

Não. A mim não engana. Sou acaso igual ao bom e velho Poe? Chegado a uma catatonia, a uma certa necrofilia?

Quem sabe tédio, sei lá, das atenções aborrecidas. Bombons, flores, ai, não... até versinhos rimados? Eu, medíocre Apollinaire.

Calvo, gordinho, dupla dentadura, não me entrego. Herói e valentão das livrarias.

— O senhor não sabe da última.

Mais uma despedida, entre todas a definitiva?

— Leia e me conte.

Uma carta escrita ao gringo, mas não enviada, faltou coragem. Leio e percebo a armação. A ele não foi escrita e sim pra mim. Se confessa angustiada, partilhar logo o segredo que a sufoca. Lacrimosa, tanto fingiu e mentiu.

Ao compreender a sua verdadeira intenção, de novo perplexo e inquieto. Mais: em pânico, a confusão no espírito, o terror na alma. Bom neurótico, suspeitoso sempre, reconheço de longe um conluio. Ao entregar a carta, a mim ela transfere a sentença final.

Pois que seja. Me decido, sim, pela ruptura. Ou, ao menos, o afastamento.

— Você tem razão.

— ?

— Fim do segredo, acaba o desespero ou drama de consciência.

Com essa ela não contava. O meu horror ao drama barato é mais forte que a breve inclinação sentimental. Ora, uma pobre e iletrada caixeirinha. Dela não foram o assédio, os olhos langorosos, os pérfidos sorrisos? Eterno ingênuo, me deixei envolver.

Qual o seu verdadeiro interesse? Bem desconfio, o gringo nada significa, nenhum impedimento. E agora, conflito de consciência, pecadora, culpada?

Essa conversa, não. Logo pra mim, vivido e malsofrido. Só o capricho de seduzir mais um? E me ver rastejar a seus pés?

Epa! lá me vou, mordido pelo cachorro louco das palavras. Calma, velhinho. Mal sabe, a putinha, que já superei o arroubo inicial. Afinal em sossego me afasto, o passo duro e firme.

Bom enquanto durou, nada mais. Sem dor nem lamento — uma finória manipuladora a menos. Indiscreta e falsa até no vermelhão da unha deliciosa do pé. Tudo contou às colegas e ao gerente. Incapaz de reserva ou segredo. Nunca foi sincera, honesta, leal.

Bem feito, ó gorducho trêfego e patusco, sorriso brilhoso de porcelana. Sempre com um pé na soleira do grotesco. Esse pavor ao caricato, o que me guarda e salva. Já imaginou, entre piadas maldosas, o pessoal da livraria aponta aos clientes:

— Olha lá, o velhinho da Rute. Coitado, vive comprando livro...

— Nem vai ler.

— Ou mesmo abrir!

Não é que têm razão?

Desgracido de mim. Todo o esporro de verborragem? Catedrais, epa!, de cinzas ao vento.

Aqui estou. Mais uma vez. Rondando a porta da livraria. Impaciente, à espera. Por que demora a pu... Rutinha do meu coração?

Ai, dores malditas de amor. Que assunto mais usado e repetido. Eterno cantiquinho monocórdio.

Nem sequer merece um conto.

O Reencarnado

Cinco da tarde em ponto, na Rua XV, lá vem a pequena procissão. Anunciada pelo toque estrídulo da sineta, a bandeira ao vento e uma faixa estendida:

I N R I Cristo o Filho de Deus
  REENCARNADO
O fim do mundo está próximo

Na frente o próprio, em sandália e camisolão branco, a barra salpicada de lama. Alto, magro, barba loira, cabeleira esvoaçante no ombro. Olho esgazeado que fulmina o passante incrédulo. Antes um Rasputin reencarnado.

Logo atrás o discípulo preferido, túnica cinza, manta vermelha dobrada no braço — para lhe estender aos pés na hora de transmudar água em vinho?

Em seguida quatro moças de camisola cáqui desbotada. A primeira vibra com pulso forte a sineta. Duas seguram a faixa. A última desfralda a bandeira com as iniciais I N R I.

Iguais ao mestre, o quinteto de olho perdido, todos magríssimos de fome.

Os espectadores param e sorriem com deboche. Alguns comentam:

— Olha aí o grande pilantra!

— Vai trabalhar, vigarista!

Mas que mal fez ele? Por que a intolerância, a cólera que espuma? E não aceitá-lo, pobre excêntrico, um mais entre tantos? A ninguém agride, quem sabe diverte. Se é arengador inofensivo, por que assim ultrajados?

Em falta de pedras, lançam piadas cruéis e insultos:

— Cai fora, malaco!

— Lugar de louco é no hospício!

Na esteira do desfile, um bando ruidoso de pivetes aos berros, em coro:

— Bi-cha. Bi-cha lou-ca. Bi-cha!

Todo se encrespa o filho espúrio do que chicoteou os vendilhões no templo.

Fuzila o verde olho praguejante de figueira e castrador de basilisco.

Aponta o dedo que amaldiçoa.

— Filisteus!

E troveja.

— É a mãezinha!

[98]

Broinhas

Um piá:
— Já soube? A Tia Lili morreu!
Outro:
— Que puxa.
Suspira.
— Tadinha!
O primeiro, ainda mais triste:
— Lá se foram as nossas broinhas de fubá mimoso!

O Coração

Fiquei um tempinho assim
junto com ela
no velho mocó
aí pelo conhecimento
que tenho do boteco
nós começamos a beber

aí ela disse bem assim
começou assim
uma conversa boba

eu só falei
sua besta
que que cê fica só olhando
pra esse cara
pelo teu jeito até parece
ô diaba
que tá fim dele

daí não me ligava
rindo e se engraçando
já viu que não gostei

aí ela disse bem assim
não sei quê
não sei o quê
com essa conversa aí
de birita e droga
o que eu podia fazer
num ia bater nela né?

cheirava pó
queimava pedra
chapadona da peste
isso desde criança
podia falar com ela
nem tava aí

espancar num ia não
este meu corpinho
não é da guerra
ele foi feito pro amor

daí que fiquei doidão
fora do limite
ela olhando e piscando pro tipo
ali na minha cara
a pior desfeita
duma cachorra
pra homem qualquer

se ela seguisse o que falei
nem eu tava aqui
nem ela tava lá
num é isso?

de começo eu não pensei
a gente juntinho no mocó
bem que eu pedisse
ela num queria dar

daí o que mais
macho tem brio num é?
eu matei mesmo

enfiei facinho a faca no peito
o peito engoliu a faca
até engasgar no fundo

aí abri pelo meio
tirei fora o coração
arranquei com tudo
aí eu juntei ele
ainda batendo
guardei na bolsa preta

fui pra favela Zumbi
lá tem o cara
que morou com ela
um tempo atrás

aí eu mandei fritar
no óleo do bom
bem torradinho

daí sentamos
traçando uma pinga
comemos com gosto

o pedaço maior
eu quis pra mim

Bipolar

A moça na fase da euforia se decide afinal por um trabalho. Combina teste, às oito da manhã, com o empregador. Meia hora antes, chega a mãe para acompanhá-la.

A filha se envolve pra cá pra lá. A mãe aprendeu a não falar, muito menos apressar. Para se entreter começa a passar roupa, difícil distinguir se limpa ou suja.

Três horas depois, a filha ainda não se aprontou. E a mãe passava toda a roupa acumulada em semanas. Ao se despedir:

— Em vez do teste, por que não uma faxina no apartamento?

Volta para casa, enquanto a filha ocupa a tarde na limpeza e arrumação. Tudo menos enfrentar o novo emprego. Telefona para a mãe:

— Vou no domingo almoçar ao meio-dia. Mais o namorado.

A mãe se esmera, tudo pronto, a mesa posta com a toalha de linho — e nada da filha.

Duas horas mais tarde serve-se e ajeita a mesa. Lava e enxuga a louça.

Só então surge a moça, desde as onze o namorado à espera. Ofendida — o vaso de flores em vez da travessa de macarrão! —, sai com ele a tiracolo. Batendo a porta com força.

Em casa telefona a uma cantina e ordena pizza calabresa. Tanto se enleia — charminho, fofoca, aperitivo —, que a massa resfria e murcha.

O namorado, na esperança de levá-la para a cama, enfrenta dois grandes pedaços indigestos. Com muitos elogios:

— Gostosa. Delícia. Supimpa!

Retalhada

A jovem, amparada nas duas muletas, tremelicando inteira a cada passo, diz para a acompanhante:

— Aqui estou. Retalhada, mas viva.

Sorrindo, triste.

— Perguntei ao médico: "Quanto tempo será? Pra me recuperar?" Ele respondeu: *Seis meses, um ano? Ou para sempre?*

— ...

— E, na despedida, sabe o que falou? *Se dê por feliz, mocinha.*

— ?

— *Podia ser pior!*

Que mundo, poxa. Só gente malvada. Sobreviver não é fácil.

Eu Também

A moça:

— Sabe, vó, do mais triste? Me obriguei a terminar com o Lúcio. Tantos anos perdidos, já viu, com esse noivo infiel. Desfrutou e me largou. Lá se foi assobiando, alegrinho.

— Mas que pilantra!

A pessoinha de quatro anos, ali num canto da sala, entretida na lição do colégio:

— Sabe, vó, do mais triste?

— ?

— Eu também terminei com o pilantra do Luizinho!

O Caniço Barbudo

Ah, esse olhar implacável de censura e desprezo. O pai, alto, robusto, tonitruante. Ele, miúdo, lívido, que fala muito direitinho e, na sua presença, tatibitate de tanto terror.

Nunca o pai se dignou, é certo, erguer a mão contra tão insignificante pessoinha. Anêmico Davi sem funda nem pedra, prestes a ser trucidado pelo gigante, com a espada assobiante no ar.

Bastava apenas o seu pigarro e olhar desdenhoso para esmagá-lo, último piolho rastejante no pó.

Que o filho assim traduzia:

— Já te pego, te pico, te jogo no pinico!

Diante dele, ao pé dele, na esperança de desarmá-lo, bom seria um defeito físico qualquer. Ah, se ao menos fosse coxo, uma perna (a direita, não) mais curta...

Apesar dos xaropes e emulsões do médico, sempre um fiapo de gente, gemendo as primeiras dores vagas.

Acamado de gripe, única vez em que lhe pousou na testa em febre a poderosa mão do Juízo Final.

Consciente ou não, descobria a sua defesa contra a autoridade emasculadora desse pai dos pais — a doença, ainda que imaginária, era o abrigo inviolável.

De tanto fingir, tão convincente, se tornaram dores de verdade. Sem apetite, rebelde a uma alimentação correta, resumida enfim a café preto e chocolate. Inútil proibi-los, de que servia o refúgio do banheiro?

A eterna queixa pública do pai:

— Vejam só o que *me* aconteceu.

A ele, sempre ele.

— Tenho um filho inválido!

Se era mesmo um triste inválido, podia se entregar aos seus invocados males. Com os anos, operado de úlcera, mais tarde do estômago, reduzido a quase metade.

Além dos achaques e do banheiro, o mais certo refúgio eram os braços consoladores da mãe. Tudo ela perdoava, tudo permitia, de tudo era cúmplice.

Eis a camisinha inflada boiando à flor do vaso... Ai, não. Infame leito impuro! Maldito estuprador!

Tamanho bruto ainda se permitia... E ela, a rainha, a santa, como se prestava...?

O coração do menino ganhou uma coroa com sete espinhos de fogo. A ela, vítima e violentada, perdoava. Ao outro, apesar dos anos, impossível.

Com a prática, já finório chantagista, graças a uma crise violenta de dores, conseguiu expulsar do sagrado tálamo o usurpante, que se conformou em dormir no quarto do filho.

E pôde, alguns dias ao menos, dividir o leito conjugal com a mãezinha querida. O seu tempo mais feliz, conchegado e assistido pelo anjo da guarda em camisola — o retorno ao santuário do ventre.

Nos primeiros anos de escola pouco aproveitou, aluno distraído, quase ausente. Apenas não estava interessado. Ainda que soubesse a matéria, leitor fanático de qualquer papel impresso, se dispensava de responder. Inocente, encarava o professor:

— Não estudei. Não fiz a lição. Não sei.

Dele o pai já renunciara. Todos os sonhos perdidos de torná-lo o sucessor do seu próspero negócio. Desabafava com a mulher:

— Esse teu filho é um fracasso. Não tem a menor ambição. Por que me sacrifico, se ele nada quer da empresa?

Às refeições mal trocavam uma palavra indiferente. Sabiam apenas conversar com a mulher e mãe, reclamada e dividida pelos rivais ciumentos.

Com tantas fraquezas, o rapaz desistiu dos estudos. O pai nem protestou, conformado. Raro o moço saía de casa. O carro na garagem descarregava a bateria.

Não tinha amigo nem namorada.

Começou a fumar. Deixava crescer uma pretensa barba. Hipocondríaco, engolia ao seu capricho, mesmo sem água, cápsula, pílula, comprimido.

Insone crônico, um fantasma descalço em pijama a vagar, horas tardias da noite, pela casa toda iluminada. O pai se queixava em vão da alta conta de luz.

Distração do moço eram os velórios de parentes, a que nunca faltava. Para ele, quem diria, antes uma festa.

Início com um longo e perfumoso banho. O barbeiro convocado aparava cabeleira e barba. Vestia o terno azul-marinho. Assim alto e esguio, pálido e lírico, um belo rapaz, por quem toda garota de luto, entre duas lágrimas fingidas, bem suspirava.

Era-lhe muito fácil uma noite inteira em claro. Pronto a ouvir, paciencioso e compungido, os queixumes da viúva sobre o ente nem tão querido.

Solícito, já providencia ao sobrinho retardatário uma cadeira ao lado do caixão.

Um dos primeiros a receber os pêsames, tanto a sua figura se destaca, ainda que mal privasse com o finado.

Cafezinho e um cigarro discreto eram suficientes a fim de varar faceiro as compridas horas mortas da madruga. Cordial, participava de todas as rodinhas.

A presença mais importante no velório — depois do morto, é claro.

Toda a sua vida social se resumia aos velórios e enterros, sempre um dos últimos a se despedir do túmulo florido.

A mãe, já com os sinais da moléstia fatal, cuidou de, a pretexto de aniversário e festinha, convidar sobrinhas e filhas de amigas.

— Se eu faltar, meu filho, não quero deixá-lo sozinho.

— Não fale assim, mãezinha.

— Você precisa encontrar uma bela moça prendada.

Ele refugava, um rito dolorido no rosto, a mão esquerda se crispando entre o terceiro e o quinto botão da camisa.

Assanhadas, garotas mil choviam a cântaros. Todas de finas graças, muitas bonitas, uma e outra lindíssima. Em vão, o filho sem interesse por nenhuma.

O pai se perguntava afinal se era... Não, nunca. O rebento de um tal caçador de fêmeas? Certo que não. Nenhum gesto suspeito. Nenhum amiguinho.

Antes um esquisitão. Quem sabe, misógino original. Seja lá o que signifique.

Bem desconfiava que o filho jamais deu uma rapidinha de pé atrás da porta meio nas coxas da priminha — *não rasgue... a calcinha, não... mamãe descobre... ai, sim!* Nunca frequentou randevu. Perigava, ai, não, até morrer virgem. E seria o fim da poderosa estirpe de abatedores de polaquinhas e putanas de luxo.

Mal sabia que o moço, desde o encontro da camisinha (sumida em sucessivas descargas, na tentativa inútil de apagar para sempre a lembrança), acalentava gostosamente a sua morte. Enfim sós, ele e a mãezinha. O casal perfeito.

E, no lugar do pai, em poucos dias, doença implacável, a santinha da mãe era morta e enterrada.

O rapaz se atirou de ponta-cabeça na depressão. Além de magríssimo, fundas olheiras. Mais alto agora que o rival, bem podia olhá-lo de cima. A barbaça, quase branca, lhe desceu ao peito.

Jurava o velho não suportar a ausência da companheira. E tanto que, em breve, deitaria ao seu lado. Mesmo assim, esperou dois anos para acompanhá-la.

Até lá, os dois perdidos na casa, mal se olhavam e falavam. Simplesmente não tinham diálogo. O pai, opiniático, não admitia ser contestado — tudo ele sabe mais e melhor. O filho nunca o enfrentava, certo, mas por dentro bem xinga, careteia, sapateia, insulta aos berros.

O velho de sempre, truculento e prepotente. Saudoso e tudo, eis o bigode ereto à vista de cada mulherinha. Gordo (não gordo, segundo ele, robusto), ao pisar estremecia os cristais no armário. Glutão insaciável, não dispensava o copo de vinho às refeições, sugando as gotas na ponta do bigode.

Um cachaço pronto a devorar o seu bacorinho gorado.

No leito de dor, antes do último suspiro, acena para o filho:

— Me prometa que...

Não conclui a frase. Se foi com o desgosto e a tristeza de ser o derradeiro da raça. O seu sucessor era mesmo um triste inválido, o mais patético dos fracassos.

Enterrado pelo filho com as honras devidas.

Naquela noite, em vez do canecão de café preto se concede, apesar de abstêmio, uma taça do caríssimo vinho tinto — agite e sinta o inebriante buquê!

Acende um charuto oloroso do estojo com brasão pessoal.

Cruza os sapatões folgados (o defunto era maior) na beira da escrivaninha, com mil escaninhos a devassar.

Já não é o piolho boiando à flor da água servida.

Mais tarde estende na cama do casal a camisola com florinhas da mãe. Deita-se ao lado, no vinco profundo que moldou o corpanzil do rival ausente.

E dorme, sereno, como não faz há muitos anos.

Bebido o vinho, fumado o charuto, calçado o sapato, se deu por satisfeito.

Doravante o capitoso vinho e seu louvado buquê poderá azedar na prateleira.

O charuto há de mofar no estojo forrado de veludo carmesim.

E os famosos calçados de verniz ressecarão esquecidos no armário.

Herdeiro único e universal de todos os bens. Antes não fosse. Com tamanha fortuna, perplexo e aflito. De tanto dinheiro, o que fazer?

Aceita a oferta de grupo concorrente e vende com lucro a empresa. O seu procurador, e colaborador antigo de confiança do pai, orienta-o na aplicação mais vantajosa do capital.

Agora na casa, somente ele e a velha cozinheira, que desde a infância o acompanha. Fechada a porta, podem bater, já não recebe ninguém. O telefone se esgoela de tanto chamar. Não atende nem deixa que.

E tranca-se na orgulhosa solidão. Juiz, promotor, carrasco de si mesmo. Minotauro míope arrastando o chinelo nas mil voltas do seu íntimo labirinto.

Vez por outra, abre o grande guarda-roupa e contempla amoroso a coleção intacta de vestidos. Não resiste e aspira de olho fechado as dobras ainda impregnadas do perfume evanescente.

Raro visita o seu armário, abarrotado de ternos, camisas, jaquetas. Evita cuidoso olhar no espelho.

Ali o espectro dum caniço barbudo e gemente que coça as perebas.

Esquálido, longa barba grisalha, numa névoa de cigarro barato. Os dentes, é verdade, apodreceram — antes a cera corrosiva do farmacêutico que a broca do dentista? Sempre o mesmo pijama de cor indecisa, enxovalhado e puído, se não roto, que se recusa a trocar.

Só não chegue perto — ui! o arrepio do beijo da morte de relento azedo.

Cada vez mais impaciente no trato dos negócios. De tudo e todos suspeita. No procurador já não se fia. Reluta em investir neste ou noutro banco. Para endossar um cheque demora dias, semanas, meses. Passa a esconder pacotes de dinheiro no fundo de gavetas e armários.

Instado pelo procurador a uma decisão urgente, ouve os argumentos que não escuta. Desconversa e se perde em digressões.

Diante da janela, contemplativo:

— Por que, me diga o senhor, é a corruíra a primeira a cantar manhã cedinho?

— ...

— E que motivo tem um bichinho assim pequeno para ser tão alegre?

Após um tempo.

— Já reparou naquele chorão?

— ...

— Por que tantos e variados verdes nas suas folhas?

Mudando de assunto:

— E por que todas as mulheres...

Queria dizer a velha criada.

— ...cismam que uma lagartixa já vai cair na sua cabeça?

Argentário, que ignora o valor da pecúnia.

Sua única referência é o preço da carteira de cigarro. Ao anúncio de cada aumento, ordena que a velha remate correndinho o estoque no boteco da esquina.

Vidraça descida, ele se move no ambiente fétido e nebuloso de mil tocos de cigarro, sugados até a última tragada.

A tevê sempre acesa, a que assiste de pé. Sentar é um sacrifício, a não ser torto, meio de lado, hemorroidoso crônico.

Como se entretém ao longo dos dias iguais?

[121]

Examina as manchas de goteira no forro e na parede — conhece uma por uma.

Ou se distrai com a dança das sombras no abajur de cristal.

Meia hora debruçado na pia, lavando a mesma xícara, o mesmo pires, a mesma colherinha.

A velha não resiste:

— Você não tem medo, meu filho?

— Lá sou filho da... Que merda.

— Com essas tuas manias.

— Quantas vezes já...

— Não tem medo de acabar maluco?

Nem se digna responder. Por três dias já não a olha nem lhe dirige a palavra.

Ferozes batalhas incruentas por nadicas e ninharias — sabe o flagelo de conviver sem trégua com um neurótico? — são travadas ali no território comum da cozinha, com arreganhos e maldições da velha e, da parte dele, chorrilho de palavrões, perdigotos e anátemas de profeta antigo na imponente barba desgrenhada e esvoaçante.

Toda santa que ela é, jura vingança de tamanha ingratidão.

Por que não algumas gotas do detergente verde para temperar o seu caldo predileto de feijão com aletria?

Ó indulgência feminina que tudo perdoa.

Em vez da última ceia fatal, serve-lhe conciliadora o mais fofo de todos os pães de ló.

Pronto ele acorda no meio da noite, tão aflito, que acende a luz.

— Meu Deus, ó meu Deus! O que foi que fiz da minha vida?

Não é que o pai tinha mesmo razão? Na disputa implacável entre os dois seria do morto a palavra final.

— Me responda, ó Deus, por favor.

Silêncio.

— Acaso podia ter sido diferente?

De que serve agora. Se ele porventura...? Quem sabe o pai...? Frívolo exercício de licença poética.

A despeito de tantos erros — a famosa dieta de café, chocolate, cigarro — é um forte. Até melhor de saúde. Já belisca o trivial, graças aos desvelos e quitutes da cozinheira.

Conta durar mais que o velho. Só pelo gostinho de.

Renova sempre a assinatura do jornal preferido do pai. Despreza as notícias de terremoto, ataque terrorista, inundação diluviana. O interesse antes nos pequenos anúncios que no fim do mundo.

Lê, meticuloso, um por um. Sublinha os mais singulares em canetas de várias cores, segundo o grau de curiosidade.

Depois dobra cuidadosamente as folhas e guarda numa pilha que, ano a ano, cresce avassaladora.

A montanha de jornais antigos invade em surdina a casa. E conquista, aos poucos, balcões, mesas, cadeiras, bancos.

Se reproduz incontrolável.

E sobe vorazmente pelas paredes.

O jardim de inverno sem acesso, a porta obstruída. O quarto de solteiro, chão ao teto, atravancado.

Com os anos, um aposento, mais um, depois outro são ocupados — sob o protesto inútil da velha — pelas colunas triunfantes de papéis amarelecidos, que ameaçam desmoronar sobre o carreiro tortuoso.

Sem sucesso as tentativas da inimiga, rejeitadas e proibidas.

— Não se atreva, sua bruxa!

— Mas por quê?

— Se eu quiser, hein? um dia reler uma notícia que me interessa, hein?

— ...

— E pode muito bem, né?

— ?

— ...estar nessa folha jogada fora!

À sombra das pirâmides em marcha, piolho tossicante, ele se refugia num cantinho diante da tevê.

Epa! O controle remoto na mão, todo se agiganta, poderoso:

— Eu sou maior que o pai dos pais.

Onipotente.

— Da minha poltrona governo o mundo!

O Distinto

Destronado
ainda é o rei do castelo
lá tem a sua velha para servi-lo
recolher os pacotes de latinha de cerveja
ofegante nos poucos degraus
pior da asma

o distinto não falta aos bailes do Operário
diverte-se com os amigos
no desfile das bem-boladas e travestis
de manhã sempre uma surpresa
a camisa de seda limpa
das marcas de batom
de joelho ela encerou o soalho
lavado a capricho o carrinho azul
gemente apara com tesoura a grama do jardim
as roseiras são a inveja dos vizinhos

o nossa bizarria penteia a cabeleira acaju
afaga o bigodinho fatal
a longa fina costeleta
abre mais uma latinha
provando que tem coração
bebe e louva as prendas domésticas
com sábias palavras
mulher de bonitão é isso
deve cuidar do teu homem
pra não perder

De Mal

— Pai, ontem briguei com a Aninha na escola.

— ...

— Ela não podia falar comigo se estamos de mal.

— ?

— Odeio quando aparece gente não convidada no meu sonho!

O Caracol

Recebi hoje a carta fatídica do adeus para a tua desgracida. Essa mesma do vestido vermelho e bundinha espevitada que um dia açulou a tua paixão.

Sou agora uma sábia no prazer. Ai, de nada me valem manhas e artes. Que fim levou o trovador destas coxas lavadas em sete águas e fosforescentes no escuro?

Ora, dirá você, e os outros... Esses outros tantos e tontos por aí. E deverei acaso passar o resto da vida a instruí-los? Tudo lhes falta, nenhuma prenda, graça ou talento.

Longe de mim, ó trogloditas do coração.

Onde a cimitarra do profeta que assobia no ar, me rasga ao meio e retalha de orgasmos múltiplos? Da tua desvairada poesia nunca mais o ferrão desse canino em brasa na nuca?

Ai, que saudade de nossas tardes fagueiras — ó esganaduras! ó tesouras-voadoras! — à sombra dos lençóis de florinhas. O que fazem os doutos professores nas faculdades? O aluno é diplomado e não consegue articular um discurso amoroso ou, ao menos, libertino.

Ninguém sabe nadinha de relógio de sol do ponteiro único, soneto alexandrino, luvas de crochê, Sulamita, gulosa boca vertical, pessegueiro florido de pintassilgo pipilante, quindim justo saído do forno...

Quanta boa literatura perdeu Curitiba só porque você me abandonou!

Comigo não tem essa de *ai, Jesusinho, não pode, ai, não, assim dói*. Eu quero tudo o que meu Grão-Mestre ensinou — o remoinho de braços e pernas, o mordisco e o tabefe nas dunas calipígias, a garoa miúda de palavras porcas e líricas, a língua titilante na orelha que orvalha a calcinha, o miado o grito o uivo! a louca vertigem! a revoada nupcial nas asas dum dragão de fogo sobre os telhados da Rua Ugolino!

Da ingênua de mim quem me fez Cleópatra entre as rainhas, picada todo dia pela áspide da tua sedução fatal?

Quem pode com a magia das palavras me despir frente e verso?

Com as palavras que outro consegue me lamber inteirinha?

Mais ninguém sabe lavrar o meu corpo com a paciência do caracol que sobe o Monte Fuji assim devagar de-va-ga-ri-nho.

Ó epifania! Uma só mão, veja! Que bate palmas! bate palmas!

Urgente incutir essas noções básicas em cada aluno, catedrático, cidadão qualquer. Delas dependem a ordem e o progresso.

Mundo de analfabetos do amor, tatibitates na cantada, no simples toque furtivo do terceiro quirodáctilo esquerdo. Pobres cegos incapazes de adentrar esse reino de iluminação deslumbre maravilha.

Que sorte a minha! Beijo as mãos, os pés, o cajado de serpes vivas e sarças-ardentes, a boca trovejante do meu pastor, meu oráculo, meu cometa do prazer, meu cafetão, meu príncipe idolatrado, salve, salve!

Em cada ditirambo, figura de linguagem, redondilha gentil suspirada no ouvido, foi você a mão que sobre o muro alcançou e roubou a espiga. O meu inteiro corpo é hoje uma floração de epopeias eróticas que remetem agora e sempre ao nosso velho guarda-roupa.

Se lembra, ó você, infiel desmemoriado de Curitiba?

Eu, toda nua.

Nuinha sob o vestido vermelho rasgado (ai, não, rasgado em tiras por qual bruto apache ou minotauro fogoso?).

O armário de portas descerradas com os dois espelhos. E ali dentro, exposta na tua mesma altura... Eu, santinha de mim, as pernas bem abertas — crucificada de amor.

Violeta de pureza. Pavão de luxúria.

Ali oferecida pra você. **Meu carrasco! Meu** assassino!

No Café

No café somos apenas elas e eu, cabeça baixa, fingindo ler.

Discutem na mesa próxima, vozes cada vez mais exaltadas.

A morena, corruíra nanica, no ataque:

— Só li o que estava escrito. Como pôde? E logo com quem!

A loira, linda e culpada:

— Não houve nada, amor. Já disse. O que é um olhar? um sorriso? Juro por tudo que é sagrado.

— Acha que eu acredito?

— Seja tolinha, meu bem. Sabe que é só você. Sempre foi você.

A morena ainda incrédula.

— Essa a pior traição.

— De novo, poxa. E quanto tempo ainda vai falar? Um mês, dois?

— Ainda se fosse uma outra. Quem sabe eu...

Com profundo asco.

— Um maldito *homem*!

— Ora, uma bobagem. O que aconteceu, querida? Nadinha de nada.

— Ah, é? Bem a minha mãe...

Não sei o que... O final da frase se extingue num queixume.

A loira toda se melindra.

— Essa, não. Tem dó. Agora até a própria mãezinha!

No repente de fúria, a morena se ergue e derruba longe a cadeira. Ao sair, o salto duro e forte abala o soalho.

A loira, na minha frente, sem ação. Alta, pálida de susto, a xícara ainda no ar. Se livra dela e derrama o café na toalha.

Presto se vai, aflita, atrás da outra. Suplicante, em lágrimas:

— Espere, anjo. Não me deixe. Juro. Nunca mais eu...

É isso. O velho amor. Não escolhe hora nem lugar. Muito menos pessoa.

Avozinha

A doce avozinha:

— Namorei o João quando mocinha. Um dia brigamos. Daí ele casou com outra, teve filhos, ficou viúvo.

Procurou a minha irmã Laura. Saber se eu era solteira. Qual solteira. Já casada e até separada do Tito.

Bem que ele rondou a minha casa. Mas eu não abri. Muito bem sozinha, faceira e feliz.

Das noites chuvosas diante do portão o pobre começou a tossir. Pneumonia fatal.

Uma prima depois me contou. Mesmo casado e viúvo, ele nunca pôde me esquecer. Nos últimos dias chamava sem sossego o meu nome.

— ?

— E sei que morreu pensando em mim.

O Rosto Perdido

Sob a janela fechada, ele olha, intrigado. Aonde foi ela? Sem aviso e nenhum adeus.

Em protesto três ou quatro dias rejeita a comida. Em vão, não a trouxe de volta. E cheira pelos cantos. Por fim aqui na minha porta. Arranha a soleira, atendo e espero. Me olha, o carinha, mas não entra — serei eu o culpado?

Prefere se espichar na grama. Cochila e, ao menor gesto, não seja outro a fugir, de olhinho bem aberto.

No almoço, ao lado da cadeira, espia de mão estendida — mal-acostumado sabe por quem. Resisto, sirvo mais um punhado de ração. Nem belisca e, ofendido, deita lá na sala. Mas não desgruda o olhar pidonho.

Na casa vazia, quem nos consola da ausente? Me segue aonde vou. Entro no banheiro, ele também quer, geme baixinho. Difícil a convivência de dois neuróticos. Descontente, coça a barriga e lambe ostensivo as belezas.

Ligo o rádio para distraí-lo. Me esgueiro para a cabana. Ah, não. De quem esse passinho ligeiro? Abro a porta, mas não entra. Deita na soleira, adorador do sol. E logo ressona.

Após o chá, me obrigo a sair, enfim livre da segunda sombra. Culpa dele não é, nem minha — duas vítimas da própria solidão.

Me acompanha até a porta. Recomendo:

— Cuide bem da casa. Já volto.

Ambos perdidos no mundo, ele mais que eu? Durante o dia, tudo bem. Saio, circulo pelas ruas, falo (ou não) com as pessoas. À noite que é triste. Sozinho, aqui na cabana, aflito — as vozes furtivas das lembranças à tua volta. Um estalido no trinco da porta — quem bate? É você, querida?

Já vou abrir. E, ao perceber o engano, suspendo o gesto em falso.

Cansado de lidar com velhos papéis, me recolho ao quarto. Deito e apago a luz.

Sorrateiro, à espreita na sombra, eis o ataque avassalador da saudade. É agora! Pronto me salta no peito e, as pernas em volta do pescoço, aperta com gana até sufocar. Em vão chaveei a porta, corri o ferrolho.

Ali, no canto mais escuro, o desespero. Divide a minha, a nossa cama. Sussurra amoroso ao ouvido.

Do travesseiro já se ergue sonâmbulo o vampiro de tantas memórias.

Como escapar? Todas as portas e janelas fechadas. Todas as defesas vencidas.

Salto descalço de pijama, abro a porta da cozinha, chamo. Ele acode, sem ressentimento. No silêncio, o leve crepitar das unhas pelo soalho — salvo por esta noite.

O meu guardião, ao pé da cama. Afago-lhe a mansa penugem. Em resposta, o rabinho bate no tapete. Seguro a pata, quem sabe com força. O carinha geme, gozoso.

E, o respiro tranquilo ao lado, mergulho — ah, esse maldito leito de pregos! — na longa vigília do agoniado.

Dia seguinte, a mesma rotina. Um passeio para espairecer, quem sabe comprinhas aqui e ali. Aonde ir? Com quem falar?

De volta, ei-lo que me segue a toda parte. Acarinho-o, escovo, falo com ele. Trocamos confidências sobre certa pessoa. Às violetas morrendinhas na janela quem deu na boca o último gole d'água?

Ao vê-lo inconsolável, desabafo:

— Ei, cara. E eu? Não estou aqui?

Não responde. Espia triste, olhinho úmido.

— Para com isso. Tem dó!

Irritado sem razão. Sei bem: ele mais ofendido que eu. Como é que uma pessoa de repente some? Horas ali na porta do outro quarto. E você responde? Nem ela.

Senta-se na grama do jardim e namora a veneziana cerrada. Por que não se abre? Assim era toda manhã, meses e anos. E, de súbito, que fim a levou? Como lhe explicar que nos deixou para sempre? Nunca, nunca mais volta.

Ainda que ele corra pelo jardim e salte, as quatro patas no ar, jamais agarra a sombra rasteira do passarinho. Também eu sondando as nuvens, aqui um esboço de sorriso ali um vago nariz, busco em vão o rosto perdido.

Ao menos eu saio, busco me distrair. Falo com um e outro. Entro na livraria, pode ser um velho sebo. O santuário da cidade. Me sinto protegido, quase em família. Lá sou amigo do rei. Tomo um cafezinho, não mereço mas agradeço o sorriso das caixeirinhas.

De volta, cansado de arruar à toa. Com o tinido da chave, já vem ele, sacudindo o rabinho, alerta e impaciente. Não esperou o tempo inteiro à escuta dos passos na calçada — qual era o meu?

De joelho, afago-lhe a cabecinha inquieta. Prestes a ganir — ui, ai, uivos de mil ais. Mordisca os meus dedos numa carícia tímida.

Não resisto. Na calada as lágrimas fluem dóceis e quentes. Até que rebento em soluços ferozes. Por ele e por mim.

Só nos responde no oco do céu o silêncio das estrelas mortas.

O Escritor

— Me fiz de bêbado entre os bêbados, para ganhar os bêbados.

Me fiz tudo para todos, para por todos os meios chegar a entender um só — ai de mim!

O Jogo Sujo do Amor

Aos dezessete anos você não é sério. Gil não era sério aos sessenta.

O caso com a amante em crise. Ela pede tempo e distância para pensar. Insatisfeita, sente-se em desvantagem. Ele, no bem-bom, dupla família, uma completa a outra. Alega, o cínico, que tem amor bastante para as duas.

E ela? Encontros ocasionais de dois ou três dias — *a outra*, clandestina, sem nenhum direito.

Escondendo-se dos próprios filhos adolescentes. Se eles souberem, meu Deus? O que pensarão? Desprezível putinha, amásia do tipo casado, um bando de pirralhos.

Na sua última vinda à cidade, inauguração com champanha francês do apartamento comprado e mobiliado (mas não em nome dela) — o futuro ninho de amor.

Gil não entende. Tudo tão bem, as duas famílias, uma aqui, outra lá, por que não continuar assim?

A fulana nervosa com o processo de divórcio, a partilha de bens, o marido mau provedor. Ela sem dinheiro nem renda. O nosso Gil propõe ajudá-la, faz remessa de cheque, que ela devolve:

— Quem pensa que sou? Acha que pode me comprar?

Desconfia que a ela não satisfaz um pequeno quinhão, ambiciona a sorte grande. A moça quer mesmo é casar (seja ele ou outro). Ainda bonita, esbelta, elegante, bem-conservada.

Daí as cenas e discussões.

— Só deseja o meu corpo, não me respeita. Apenas atração física. Pra você não sou uma pessoa.

Ele se declara com fervor:

— Amo você completa. Alma, corpo, coração. Inteirinha. Da cabeça ao terceiro dedinho do pé esquerdo. Frente e atrás. Direito e avesso. Acordada e dormindo...

Tudo era pouco?

— Não me deixa pegar a mão? Pego esse pezinho. Não posso beijá-la no rosto? Beijo, ai!, a covinha do joelho.

E assim por diante. Não a convence. Quer distância e tempo. Deixa-o solitário no seu ninho, aonde ir? com quem conversar?

Encara a parede vazia:

— Tá falando comigo?

Silêncio.

— Quem mais, pô? Aqui só eu. É comigo?

Sem resposta.

Me diga, sabichão. O que fazer em Curitiba às três da tarde?

Tenta dormir, folheia uma revista, engole dose dupla de uísque, mesmo sem gelo. Perdido o domínio da situação, de volta cabisbaixo no primeiro voo para casa.

A urgente providência é cobrir linha por linha uma carta inteira com as palavras EU TE AMO!

E — a sorte já lançada — assina o nome completo.

Espera em vão a resposta.

Dia seguinte não resiste e telefona manhã cedinho. Preparado para todas as reações, menos uma. Falsa melindrosa:

— O que você pensa? Só me falta uma faixa vermelha aqui no portão do prédio.

[149]

Ah, uma grande ideia. E o infeliz que não tinha se lembrado.

— Sempre me perseguindo. Não me deixa sentir saudade. Você me sufoca. Ai, que falta de ar. Não me dá espaço. Tudo isso me irrita.

— Mas, querida...

— Me cobrando sempre. Quando vem, me quer o tempo inteiro. Não podemos sair à rua, todos sabem que é casado. E eu?

— Não é bem assim...

— Eu? Sou a outra. O programa do fim de semana. A vergonha dos filhos e das amigas. Só me quer para a cama. Não me respeita. Pra você não sou gente. Só *duas lindas pernas se abrindo* — nada mais?

Pô, tudo de novo.

Ai dele, nada do que faz é bem aceito. Como achar graça nos seus olhos? Bem o ex-marido se queixava dos caprichos e humores. Machão, bebia. E na dúvida? Tabefe e porrada!

Isso o que dele esperava? Ali, imprestável no escritório, perplexo. Cabecinha no ar, pálido e trêmulo, atento apenas ao aparelho que, maldito, não toca.

[150]

Pudera, disposta mesmo ao rompimento. Decerto interessada em outro — mais moço e mais magro? com mais cabelo? Ah, nunquinha. Para o Gil, separação nem pensar.

Fraco, não resiste, liga na hora errada. Ela na fossa. Mil queixumes:

— Eu aqui de novo sozinha. Onde estava quando chamei por você?

— Mas, querida...

— Eu cheia de problema. E você nunca me acode quando mais preciso. É sábado e não posso ir a lugar algum. Sempre fiel. E a quem?

— ...

— A você! Aí com tua grande família e os amigos. Rodeado de mulheres no escritório. Transando com uma e outra. Acha que é justo?

Ele sempre na defensiva:

— Trabalho de manhã à noite. Um cliente atrás de outro. Recebendo colegas para consulta. Me proíbo de tocar em secretária ou cliente. E a ética?

— Lá você tem ética. Esquece que me contou tuas chicanas e falcatruas? Sem falar da Marilu. E as outras?

— Isso tudo foi antes de você. Bem queria ficar sempre ao teu lado. Não estive aí semana passada?

— Ah, é? E os outros vinte e tantos dias do mês? O que faço, hein? Me diga, seu grande machista.

— ...

— Hein? Me diga. Onde estava quando apelei pra você? Com a filha neurótica aos gritos nos meus braços?

Um, dois dias. Gil não resiste à separação. Uiva ao telefone:

— Não aguento mais. Socorro!

Nem se comove, a ingrata. De pronto desliga.

Entre meio-dia e três da tarde, tão infeliz, morre a cada segundo. Decide vê-la, apesar da proibição. Alega em casa compromisso inesperado. E acha que a mulher acredita? Os filhos não desconfiam? A clientela, essa, que se lixe, pô!

Táxi, avião e táxi, seis da tarde, todo molhado de chuva (mais essa!), bate na porta da cozinha.

Ainda falando com a filha, ela abre. Conclui a frase, só então olha. Ao vê-lo, boquiaberta, em transe.

— Mãe, o que foi?!

— Veja, minha filha. Quem está aqui!

Quase histérica, mas risonha.

— Não acredito. Não pode ser.

O nosso herói:

— Posso entrar?

Ainda aturdida, pede que repita o gesto.

Gil, obediente e humilde, atravessa a cozinha e a sala, os brutos sapatões úmidos manchando o tapete, e sai pela porta social.

Em seguida aperta a campainha de serviço.

— É mesmo você. De gravata, pastinha e tudo!

A filha sobe a escada e liga a todo volume o som no quarto.

Os dois sentam-se no sofá da sala. Ela resiste, a princípio.

— Você não cumpriu a promessa.

Ele começa, eloquente, medindo as palavras:

— Como se explica, me diga você, a permanência de tal paixão? Qual o amor que resiste a tanta viagem aérea? a tanta corrida de táxi? a tanta espera no apartamento? E quanta confusão, discussão, aflição!

— ?

— Dois jovens, na ilusão dos verdes anos, ainda se entende.

[153]

— Ah, neguinho, não se queixe. Em boa forma. Só não fosse tão... precoce!

Ele pretende não ouvir.

— É, sim, um mistério. Quem sabe os próprios obstáculos, a ausência forçada, os difíceis encontros?

Ambos aliviados, enfim a paz.

Breve paz.

Ainda uma vez, mais uma, de volta a Curitiba — paraíso ou inferno?

No auge de outra discussão, a sua vez:

— Quer tempo? Muito bem. Te dou todo o tempo do mundo. Devolvo a tua liberdade. Não venho mais aqui. Nunca mais a procuro. É o que você quer?

Ela treme com o golpe, lívida:

— Poxa, se acalme. Não é isso. Comprou o ninho num repente. Agora quer vender noutro impulso. Vamos dar um tempo.

— Certo. Lembre que no hotel era pior. Quando saía às duas da manhã, você achava que o camareiro, o recepcionista, o porteiro, todos sorriam maliciosos — *lá vai ela, já fez o seu programa...*

Após briga violenta, nada mais gostoso que o amor choradinho. Ah, é? Não ela, se faz difícil, recusa beijo e afago.

[154]

— Não vê que estou indisposta? Só pensa nisso. Ai, que coisa!

Ocasião seguinte não foi esperá-lo no aeroporto. Recebido friamente. Quer beijá-la, já se afasta:

— Agora, não. Devemos conversar.

Palavras fatais, anúncio de tragédia.

Mesmas queixas e protestos. Ele, no conchego da família. E ela? Sacrificada e só.

Até que num assomo de brio e restos de dignidade:

— Está bem. Seja como você quer. Um não tem mais compromisso com o outro.

— ...

— Não tenho passado bem. O coração em frangalhos. Já rateando... Decidi fazer novo testamento, deixei com um colega. Se de repente eu faltar... Daí tudo neste ninho, que você não quis no teu nome...

Com tremido inquieto na voz.

— ...será teu.

— !

— Menos a mesa da sala, da qual você não gosta. Fica para a tua amiga...

— Mas eu gosto, sim, da mesa. Você que não entendeu.

— E menos o aparelho de som, você já tem. Será do meu filho mais velho.

— ?

— A caixa de champanha você divide com o outro, que é grande apreciador.

— Deixa disso, querido. Não vai morrer nunca.

Conciliadora, aperta-lhe de leve a bochecha (ah, como ele odeia esse gesto!).

— Tadinho. Tá tristinho, o meu bem.

Para o coração magoado, só pode fazer bem o espocar de uma garrafa.

— Ah, quer me embebedar? Foi assim na primeira vez. O meu próprio advogado! Me seduziu com lábia e champanha.

Beijoqueiro, ele ataca. Três taças e ela consente, sob protesto.

— Não disse? Eu sabia. Só pensa em sexo. Só me quer nua na cama. Pra você não passo de uma vagina molhada.

Ainda recusando, e já se livra do vestido.

Mais taças, mais beijos. E, para a cama (precoce e tudo), um pulo.

Ao vê-lo bem regalado, abre o jogo.

— As duas, não. Muito cômodo... para você. Todos uma só família feliz? Nem pensar.

— ...

— Tem de escolher.

Ai, bandida! Assassina! Eu durmo e já me enterra no olho essa fina agulha de crochê. E arranca o pobre coração pelas costas. Gotejante nas tuas unhas douradas de Jezabel!

— Mas, querida. Eu bem te expliquei. Agora não é a melhor...

— Ah, é? Minha palavra final. Euzinha. Ou a tua mulher!

O jogo amoroso é uma guerra suja de poder. Pode mais quem gosta menos. Um sempre gosta mais, outro menos. As posições não são invariáveis, epa!, sem aviso revertem.

Na iminência de perdê-la, você passa a gostar mais. Ela, outro lado do pêndulo, menos.

Em desespero, o que faz para reaver a porção do amor perdida é sempre errado. Qualquer insistência, odiosa. Mais um persevera, mais o outro se afasta.

Toda prova de afeição rechaçada com tédio. Interesse maior em retocar a sombra dos belos olhos.

Agora esse aí não vale uma unha riscada, menos ainda partida.

Prender o ente amado é certeza perdê-lo. E, se não o prendemos, como hei de guardá-lo?

Um dia, amo. Outro, odeio. Avesso do amor não é o ódio. Ódio é componente fatal do amor. Oposto do amor é, sim, a indiferença — o teu coração oco, murcho, seco.

O pobre Gil se debate, agoniado, respira fundo. Desperta às três da manhã no pico do terror — onde andará a bem-querida? Gemendo e ganindo nos braços peludos de outro? Como a impedir, como reconquistá-la?

Telefonar? Exigiu que não. Escrever? Se dá por ofendida.

Desabafar com quem esse punhal na alma? Com a heroína, a santíssima, a mártir, assobiando pelo nariz ao seu lado?

Ousar o último passo e se perder no abismo.

Abandoná-la e ao monte de filhos? E deles, ai, do moleque temporão, ó Jesus, o que será?

As duas, para ele, fazem uma só. Ainda há esperança.

A outra, lindas pernas se abrindo em oferenda. Nunquinha que deixa. Ninguém rasga o teu balão colorido das três bocas de fogo.

Nada mais? Pô, é tudo.

A vagina molhada — essa rapinadora insaciável de corações.

Suspiro e sumidouro dos santos pais de família.

Fim da semana viajo para Curitiba.

Este livro foi composto na tipologia Minion Pro
Regular, em corpo 13/19, e impresso em papel
off-set 90g/m² no Sistema Cameron da Divisão
Gráfica da Distribuidora Record.